アジフライの正しい食べ方

浅田次郎

ASADA JIRO

小学館

アジフライの正しい食べ方

目次

装画　川上和生
装丁　高柳雅人

旅欲

人は煩悩のかたまりである。

仏の教えによれば、「貪《とん》」「瞋《しん》」「痴」「慢」「疑」「見」の根本煩悩なるものがあり、それらに伴って俗に「百八煩悩」とか「八万四千の煩悩」と言われる無数の煩悩があるらしい。

なるほど、とわかったような顔をしたいところだが、全然わからん。

早い話が、人は煩悩のかたまりなのである。すなわち欲のかたまりなのである。

さてここで、のちのち本稿を単行本等でお読みになる方のために念のため書いておくと、執筆時現在は二〇二〇年十月初旬、すなわち世界はいまだコロナ禍中にある。社会経済は徐々に活性化しているが、数カ月数年先の予見はできない、という局面である。後日笑い話になっていればよいと思う。

この三月以降の外出は数えるほどである。たとえば、座敷が広すぎて声が嗄《か》れた文学賞選考会とか、観客の疎《まば》らな講演会とか、食い納めのカツカレーとか、つまりよほどやむをえぬ事情に限って、せいぜい月に一度というところであった。

それでも毎月の締切日は、何ごともなくやってくるからふしぎである。わけてもこの状況下において、「旅をテーマとしたエッセイ」を書きつづるのは苦行であった。

いや、べつだんネタに困ったわけではない。旅好きの私が旅に出られぬまま旅について書かねばならぬのはつらい。

かつてこれほど旅を渇望したためしはなかった。しまいには何から何まで旅支度を斉《ととの》え、スーツケースをゴロゴロと曳《ひ》いて、「ホノルル空港の通関ごっこ」などをしたが、エキストラに動員した家族のノリが悪くて挫折した。

ならばひとりでできるものをと考え、風呂場に「湯」の暖簾《のれん》をかけ、湯舟には入浴剤を過分に入れて、「登別ごっこ」「草津ごっこ」「有馬ごっこ」等をしてみたが、入浴剤のシリーズが一巡したあたりで強い自己嫌悪を覚えてやめた。湯に浸《つ》かりながら考えたのである。私には「旅欲《たびよく》」があるのだ、と。それも

「百八煩悩」だの「八万四千」だのという枝末《しまつ》煩悩ではなくて、

「貪」「瞋」「痴」「慢」「疑」「見」の六大根本煩悩に続く、七つ目の「旅」という欲望が。

ところで、本稿を通じて筆者のキャラクターを知るみなさんは、かくも従順にステイホームを実践する私を意外に思われるのではあるまいか。

しからば誤解を解いておかねばなるまい。実はお定めを守るタイプなのである。たとえば、デビュー以来原稿の締切を落としたことはただの一度もなく、朝晩の薬はきちんと服用し、その際の血圧測定と記録は怠らない。

しかしビビリではないと思う。小学生の時分、後楽園遊園地のジェットコースターでハンズアップをし、係員に叱られた記憶がある。今日では当たり前の楽しみ方の、実に嚆矢《こうし》であったと思われる。

だとすると、お定めを守ったのち「Ｇｏ　Ｔｏ　トラベル」の特典を利用して旅立つのが私らしいのであるが、どうしても決断できぬ理由が二つある。

その第一は、てめえの遊ぶ金を他人に出してもらうのはいやだ。

ならば特典を拒否して旅に出ればよさそうなものだが、第二の理由によってそれができぬ。

長きにわたる情報収集の結果、どうやら私は「感染しやすい人」「重症化しやすい人」の諸条件に、ピッタリと合致するのである。重ねて言うがけっしてビビリではない。いくら何でもベルトを締めずにハンズアップはできぬ。

リスクその1　「年齢」

高齢者だとは思わぬが、一般的にはその年齢なのである。あらゆるリスクの中でもこれが圧倒的だと、専門家は口を揃えて言う。

リスクその2　「基礎疾患」

本稿でもしばしば自慢している通り、冠状動脈に二本のステントが入っている。立派な心臓病患者である。

リスクその3　「喫煙歴」

実は数年前に禁煙した。しかし、五十年も煙にまみれた肺が、数年で旧に復するとは思えぬ。

リスクその4　「ハゲ」

まことに心外であるが、デマゴギーではないらしい。男性ホルモンが過剰な人は罹患《りかん》しやすいのだと。若い時分からさんざハゲハゲとバカにされたあげく、ハゲのせいでコロナに食われるなんて、全然納得できぬ。ちなみに、これはホルモンの問題であるから、カツラがマスクの役目を果たすことはあるまい。当たり前だけど。

リスクその5「血液型」

これは懇意にしている大学教授から、こっそり聞いた説である。誰にも言うなと釘を刺されたので、書いておく。むろん誰にも言ってない。

そもそもA型の血液型を有する人は、伝染病に罹《かか》りやすく、ために ユーラシア大陸全域にわたってA型が少ないのだそうだ。ではなぜ日本人にA型が多いのかというと、島国であるうえ鎖国政策の効果もあって、ユーラシア諸国に比べれば感染症の被害が少なかったからであるらしい。で、病気に弱いはずのA型が今日のわが国では、第一位の血液型となっている。

はい。私、A型です。しかも両親はじめ、知る限りの一族郎党が全員A型という純血種である。

話が面白すぎるから、たぶん眉唾《まゆつば》だろう。のちに調べたところ、世界的に多い血液型は教授いわく「ウイルスに強いO型」であることにちがいはないが、A型が多い国は何も日本だけではなかった。しかし、博覧強記で知られる学者の説であるから、怪しいとは思っても脳裏を離れぬ。

結論。六十八歳男性。狭心症の基礎疾患あり。喫煙歴五十年。ハゲ。A型。以上の諸条件により、あなたは旅に出てはなりません。

それにしても、この齢《とし》になっておのれの旅欲の強さに驚いている。手書き原稿ゆえ、くれぐれも「旅」に誤植なきよう。

煩悩というものは、べつだん何を悟らずとも加齢とともにあらかた自然消滅してゆくと思われるのだが、なにゆえかくも、旅欲ばかりが底知れぬのであろう。それとも、もしや私は絶倫か。重ねてくれぐれも誤植なきよう。

ああ、旅欲が限りなく燃え上がる。こうとなったら、いつでもいい、どこでもいい。願わくは一日も早く、心おきなく悠々と、このいかんともしがたい旅欲の満たされんことを。

読書のすすめ

見かけによらず従順な性格である。

子供の時分から親や教師の言いつけはよく守った。私の世代は、「〜すべし」と要請された覚えはとんとなくて、「〜せよ」と命令されて育ったから、みなさんあらまし同様であろうと思う。

そこで、もちろん新型コロナの災厄に際しても、あらゆる要請は命令として承り、自宅に引きこもった。

六十八歳。年齢通りの隠居だと思えば、特段の支障はない。しかし、ものすごく都合のよいことに、その正体は現役の小説家なのである。

編集者たちとの打ち合わせも、理由なき会食も、取材旅行も講演会も、サイン会等の販促活動も、すべて予定表から消え去った。そうして自宅に引きこもるということはすなわち、書斎にこもって本分たる読み書きに徹するばかりなのである。

もう、読む読む。書く書く。むろん執筆は創造的行為であるから限度はあるが、読書には際限がない。飽きれば放り出して、ほかの書物を読み始めればよいだけの話である。

幸い書庫には、このさき一生かかっても読みきれぬ蔵書が貯《たくわ》えられている。「一期一会」の原則に順《したが》ってとりあえず買いこんだ書物の集積、もしくは偏執的な読書癖から買い求めた全集等々、読みたい本はいくらでもある。

テレビの前に座りこんで、重複する情報に耳目を傾けていても意味はない。時宜にかなわぬそのほかの番組は、むしろ虚しく感じられる。デマと空論に満ちたネット情報などは、はなから取り合わぬほうが賢い。

するると、思いがけずに訪れたこのつれづれの時を、有効に過ごす方法は読書しかないのである。日ごろからその習慣のある人にとってはむしろ豊饒《ほうじょう》な時間であろうし、あわただしい日々を過ごしている人々には、人生の転機になるとも思える。ここは好むと好まざるとにかかわらず、書物に親しむことこそ正しい時間の過ごし方であろう。

世に読書ばなれが論じられて久しい。それはたしかに現実ではあるけれども、単純な愚民思想に基づいてはならぬと思う。最大の原因は、仕事も学問もシステマティックに加速して余裕がなくなり、なおかつIT社会の進化によって、興味や娯楽の対象が著しく拡大したせいであろうと思われる。

早い話が、パソコンもスマホも、終夜営業のコンビニもなかった時代には、長い夜を本でも読んで過ごすほかはなかったのである。よって、物質的な貧しさの代償としてたまたま知的恩恵を享受した世代のわれわれは、読書環境に恵まれぬ現代の若者たちを、愚民のように考えてはならない。

さて、そうこう思いつつ、いいかげん全集の通読にも飽きたので、健康を維持する目的で散歩に出た。飽食終日の読書三昧、さすが一日五百歩のカウントでは体に悪い。読書という趣味の唯一最大の欠点は、頭は使っても体を動かさぬことである。

まずは檀家《だんか》でもあるお不動様に詣でて、悪疫退散を祈願。案外のことに境内はガラガラで、日本人が実は他力を恃《たの》まぬというのはひとつの発見であった。ついでに、おのれが思いがけず他力本願であったと確認。

その後、二メートルの距離を心がけつつ、ありもせぬマスクと消毒液を求めて薬局を巡り、駅前の書店へ。

都区内の書店は休業もしくは営業時間の短縮をしていると聞くが、ありがたいことに郊外の店舗は健在である。さらにありがたいことには、最新刊『流人道中記』はワゴンに山積み。刊行のタイミングがよかったのか悪かったのかはわからないが、順調に版を重ねている。

さりげない宣伝はさておくとして、店内に来客が多いことに感動した。みなさん距離を取っておられるが、常と変わらぬ、いや平日の午後にしては常にも増して盛況である。

日本は江戸時代から、世界一の識字率を誇っていたという。大小三百もの連邦国家であり、人口の多くが城下町とその近在の農村に集中し、なおかつ寺子屋という教育ボランティア制度が充実していたせいである。明治維新をなしとげた原動力は、この知的水準の高さであった。列強の植民地にならず、とにもかくにもそののちの百五十年を生き永らえて今日かくあるのも、世界に類のない教養主義の伝統に拠《よ》るところが大きい。

書物を抱いて慎ましくレジに並ぶ人々の姿は、滅びざる教養主義そのものであった。

散歩がてら書店を訪ねたことについては訝《いぶか》しむ向きもあろうけれど、私にとっての書物は食品と同様の生活必需品なのである。いや、今も昔も教養主義に拠って立つ日本人である限り、重要な生活物資にちがいないと思う。

一に花。二に書物。三に食事。

貧しかったころから、その順序はいつも心に留めていた。

まず一輪の花を机上に飾り、次に書物を購《あがな》い、余裕があれば腹を満たす。その順序を守らなければ、小説家にはなれないと信じていた。むろん今でも、そのならわしは変わらない。

だから書店で数冊の書物を購った帰り途《みち》、花屋さんが開いていたのはましてありがたかった。しかも、薔薇《ばら》の花を選ぶ先客があった。

思わず「きれいですね」と語りかければ、妙齢のご婦人はマスクをかけた目を細めて、「こんなときですからねえ」と答えた。花よりも美しい人だと思った。

かつて読書は娯楽であった。わけても小説は、ジャンルにかかわらず純然たる娯楽であったと思う。よほどの学術書でもない限り、人は書物から知識を得ようとは考えず、ひたすら読書を楽しんでいた。そして、実は人と書物とのそうした親和性が、教養主義の基盤となっていたのである。

しかし、一巻を読了するために少なくとも四時間や五時間はかかる読書は、やがて社会の速度にそぐわなくなった。つまり世の中が、連続した四時間の読書を許さなくなったのである。その時間をあえて確保しようとしたときから、読書は娯楽ではなくなり、学問に堕落した。伝統的教養主義の基盤は崩壊したのである。そうとなれば、そこに拠って立ってきた日本は、あらゆる分野において大国のパワーとダイナミズムにはまったくかなわない。

一に花。二に書物。三に食事。

私たちの先人はその心もて、戦禍も災害も乗り越えてきたのである。

オリーブのめざめ

パセリ。ニンニク。オリーブオイル。

この三種類を使えば、何となくイタリアンになる。ネギとショウガとニンニクで、何となく中華風になるのと同じ要領である。

どちらのお宅も同様であろうと思われるが、コロナのせいで外食を一切せず外出すらままならぬ暮らしが続くうちに、ジジイがつとめて厨房に立つようになった。

ましてや本稿でもしばしば紹介している通り、私は若い時分から料理が好きである。どのくらい好きかというと、「次郎」の銘を打った京都『有次《ありつぐ》』の包丁セットを持っている。ただし、こういうジジイはさぞかし便利であろうと思いきや、家人にとってはものすごく面倒くさいらしい。

パセリ。ニンニク。オリーブオイル。これで何となくイタリアン。

ベランダのプランターでも容易に栽培できるパセリは、真冬を除いて買う必要はない。ニンニクは国産品と輸入品でずいぶん値段がちがうが、味はそれほど変わらないと思う。むしろ意外に足が早いので、大量購入した場合はネットに入れてぶら下げたりせず、冷蔵庫のチルド室で眠らせることが肝要。

さて、今回のテーマはオリーブオイル。これはオイルとは言え、用法は油ではなく調味料である。価格もまことピンからキリまであり、何だってピンを使うのはあまりにも不経済であるから、せめて生食用と加熱用を使い分けるべきであろう。

などと偉そうに蘊蓄《うんちく》をたれるわりには、私がオリーブにめざめたのはこのごろの話である。

昭和の時代にはパスタという名称すら存在せず、イタリア由来の食べ物と言えばピザとスパゲティとマカロニくらいしかなかった。むろんイタリア料理にオリーブオイルが不可欠だということも知らなかった。つまり、イタリアンというカテゴリーそのものがなかったのである。

オリーブの初体験は小学校の教室であった。私はおませで、何だって人より早かったが、これは相当早いはずである。

国語の教科書の、たしかギリシア神話であったろうか、オリーブの実を食べるシーンがあった。しかしそんな食べ物は誰も知らないので、どんな味がするのだろうと騒ぎになった。すると後日、先生がオリーブの缶詰を持ってきて、一粒ずつ食べさせてくれた。

そのときの衝撃は今も忘れない。物語ではたいそうおいしそうに描かれていたのに、ものすごくまずかった。そりゃそうだ。オリーブの実、それも塩漬けの缶詰を食べてうまいと思う子供は、今だっていないだろう。

私たちがオリーブに興味を抱いたのは、教科書の記述のほかに、当時テレビで大人気であったアメリカ製のアニメーション『ポパイ』のせいもあったと思う。主人公のアメリカ人水兵ポパイは缶詰のホウレン草を食べて怪力を発揮する。そして彼の恋人の名が「オリーブ・オイル」であった。もしやあの人気アニメのスポンサーは、アメリカの食品会社だったのではあるまいか。

ところで、小学校の教室における「オリーブ・ショック」以来、一九六四年の東京オリンピックを経ても、オリーブオイルは日本における市民権を得られなかった。少なくとも、そうと知りつつ口に入れた記憶はない。

したがって二度目の体験は、すっかり色気づいて湘南の海にくり出した、高校時代となる。ここで念のため言っておくが、「初体験」「二度目の体験」に他意はない。あくまでオリーブとオリーブオイルの話である。

さよう。二度目の体験。しかし食べるわけではない。少なくとも一九六七年当時、オリーブオイルは料理に使うものではなく、もっぱらサンオイルとして使用されていたのであった。

正しい使用法は、浜辺で肌を灼《や》く娘たちの近くにさりげなく腰を下ろし、差し障りのない時候の会話等で懐柔したのち、やにわに背中を向けて「オリーブ、塗ってくれよ」、もしくはこちらから急接近して「オリーブ、塗ってやるよ」、である。

もっとも、そのような目的に使われるオリーブオイルは食用ではなかった。いかにも一夏のロマンスにふさわしい、ロマンチックなデザインのガラス瓶に入っていたと記憶する。独特のこってりした匂いもあり、とうてい口に入れられる代物ではなかった。

やがて高度経済成長とともに海外旅行ブームが到来し、本格的なイタリアンが店開きするようになると、食用としてのオリーブオイルも認知された。しかしやはり当初は、陽ざかりの湘南海岸を彷彿《ほうふつ》させる匂いが鼻についてならなかった。一夏のロマンスはあらまし甘美な記憶にならず、思い出したくもない傷になっていたせいである。

こうして、小学校の教室、湘南海岸、という具合に内なる負のイメージを抱えたまま、その後しばらくはオリーブもオリーブオイルも遠ざけていた。いや一九九〇年代に至っても、食材としてのそれらは、さほど一般的ではなかったと思う。

オリーブのめざめは地中海沿岸を旅した折であった。

なにしろかの地では、朝から晩までオリーブオイルが口に入らぬ日はない。肉も魚も野菜もオリーブ味だから、拒否するわけにはいかぬ。そこで意を決して食べたところ、一瞬にして悪い思い出は煙になった。

これはうまい。要するに初体験と二度目の体験により性的、じゃなかった味覚的不能に陥っていた私を、女神のごとき地中海のオリーブオイルが救済してくれたのである。

ましてや下戸である私は、同行者たちがワインを飲む分だけ物を食う。かくしてオリーブ漬けになった私は、数日を経ずして体調不良となった。

ここで、海外旅行のワンポイント・アドバイス。

水あたりについては、どなたも用心をなさるであろうが、実は油あたりというものがある。おそらく世界一脂質の少ない日本食で育ったわれわれ、わけても日ごろから和食を好む年配者は、しばしば旅先で油にあたる。私たちの体はどうやら、大量の脂質を分解できぬらしい。なにしろテンプラには大根おろし、刺身にも大根のツマを添えなければならぬほど、脂質に敏感なのである。

私の経験では、南欧におけるオリーブオイル、中国東北部の重い油、また油をたっぷりと使うアフリカ諸国において、ほぼ同様のつらい消化不良に見舞われた。ただし、体が順応するのかどうか知らぬが、再訪以降は何ともない。

そして、この油あたりの回避方法としては、初めての渡航先の場合、念のため出発一週間前からの整腸剤服用が効果的である。

ああそれにしても、オリーブオイルを背中に塗っていたのは今や昔、遙《はる》かな湘南の海に思いをいたしつつ、厨房のジジイは老眼鏡をかけてパセリとニンニクを刻む。

マスクの福音

海外旅行に不慣れであったころ、こんな経験をした。

たしかロンドンのヒースロー空港であったと思うが、入国審査の折にパスポートとランディングカードを提示したとたん、屈強なお迎えがやってきて別室に連れていかれた。

ハテ、申告を必要とする所持品はなし、見知らぬ人から荷物を預かったおぼえもなし、さては東洋系の国際指名手配犯に似ているのか、などとあれこれ気を揉《も》んでいるうちに、マスクをかけた女性の係員に検温をされ、体調はどうだと訊《き》かれた。

そこで思い当たった。私は機内でマスクをかけ続ける習慣がある。咽《のど》の乾燥をやわらげるためである。そのときはたまたま、マスクをかけたまま到着して入国審査の列に並んでしまい、順番が回ってきたのでようやくそうと気付いてはずした。入国審査の係員はそのしぐさを怪しんだのである。

そもそも諸外国人は、日本人ほどマスクに親和していない。病気でもないのにマスクをかけることなどないらしい。つまり私は感染症を疑われたのである。いえいえ、具合が悪いわけじゃありません。日本人には常日ごろからマスクをかける習慣がありましてね――などと、達者な英語を使えるはずもなく、しどろもどろがいよいよ疑惑を深め、手荷物の中の常備薬の説明を求められるに及んでますます事態は混乱した。

それでもほどなく放免となったのは、そんなやりとりをしている間に、「どうやらこいつは病気じゃないらしい」とわかったからなのであろう。

かにかくに思い起こせば、何やら懐かしい話ではあるが。

さて、この際であるから、二十数年前に私がヒースロー空港の係員たちに伝え切れなかった説明の詳細を述べておこうと思う。マスクと私との親和性についてである。

実は子供の時分から、日常的にマスクをかけていた。その理由の第一はかつて本稿でも書いた話であるが、同居の祖父が結核を病んでいた。のみならず一族には同じ病で亡くなった人が多かった。よってわが家では、みんなして当たり前にマスクをかけていたのである。

理由の第二は当時の環境問題であった。世間は一九六四（昭和三十九）年の東京オリンピックに向かってまっしぐら、いわゆる光化学スモッグによって多くの人々の健康が害された。

私の通っていた小学校は都内の幹線道路ぞいにあったせいか、少なからずの児童が小児喘息《ぜんそく》を患っており、それが原因で命を落とした友人もあった。光化学スモッグの名のごとく、有害物質は太陽光に反応して発生するので、好天の日には体育の授業が中止になったほどであった。

そうした事情であったから、私は家でもマスク、通学時もマスク、授業中もあらましマスク、つまり少年時代はずっとマスクをかけ続けていたのである。

このようにして私はマスクに親和し、かついくらか潔癖症の気味もあるので、その後の生活においてもマスクとパンツは似たようなものであったと言ってよい。そして今にして思えば、おそらくその効用によりほとんど医者いらずで過ごした。

以上、病気でもないのにマスクをかけ続けている理由について、ヒースロー空港の係員にうまく説明はできまい。

後年になって、マスクの意外な効用を知った。感染症の予防効果ではなく、面ワレ予防効果である。

地味な帽子をかぶり、マスクをかけていればまず顔がバレることはない。とりわけ面ワレ率の高い神田の古書店街、あるいは競馬場のスタンド等では、すこぶる気楽である。夏の盛りにはむしろ変装めいて目立ったかもしれぬが、私自身はさほど苦にならなかった。かつて光化学スモッグのせいで、真夏にこそマスクをかけねばならなかったからであろうか。しかも昨年からは、炎天下ですら誰もが疫病を怖《おそ》れてマスクをかけるようになった。

いやはや、こうなると他人の視線に兢々《きょうきょう》としていた、平和な時代が懐かしい。ところで、今さらふしぎに思うのだが、かつてスペイン風邪というパンデミックを等しく経験しながら、日本人ばかりがその後なぜマスクに親和したのであろう。海外のニュース映像を見ても瞭《あきら》かなように、外国人は総じてマスクを忌避し、日本人は従順である。これはひとり私のみならず、私たち日本人の生活習慣の中に、マスクが定着している証《あか》しであろうと思える。

もしや、案外のことに私たちは、学習能力があるのではなかろうか。そういえば私が子供の時分には、「流行性感冒」略して「流感」という言葉があった。インフルエンザの和名であり、かつてスペイン風邪に用いられた呼称でもある。つまりスペイン風邪の流行から第二次世界大戦を挟んだ四十年後にも、「流感」の名は伝えられていたことになる。

一九一八年から世界中に蔓延《まんえん》したスペイン風邪の、正確な被害はわかっていない。死亡者数も資料によってまちまちで、一七〇〇万人から五〇〇〇万人とする場合が多いが、中には一億人超とする説もある。

流行の初期は第一次世界大戦と重なっているから、犠牲者の実数が把握できなかったのかもしれぬ。また、スペイン風邪は欧州戦線で猖獗《しょうけつ》をきわめたので、大戦の終結を早めたとも言われる。だとすると、過去の戦争に比べて戦死者が激増した理由は、航空機や戦車や毒ガス等の科学兵器の進歩ばかりではなかったことになる。戦場で病に斃《たお》れれば「戦病死」とされ、それも兵士の名誉のために少なからずが「戦死」として扱われるからである。

一方、ほとんど実戦に参加せずに漁夫の利をしめた日本は、スペイン風邪の被害を把握していた。

感染者が約二三八〇万人。死亡者が約三九万人。当時の人口は約五五〇〇万人である。

おそらく、欧米諸国に比べてかなり正確なこの統計が公表されたおかげで、日本人はパンデミックの実像を知り、マスクの使用が習慣化したのであろう。

余談ではあるが、スペイン風邪はスペインで発生したわけではない。第一次世界大戦に参加していなかったスペインは報道規制がなかったので、実情を公正に発表し続けたのである。当時からスペイン由来のように思われていたのは、とんだ濡《ぬ》れ衣《ぎぬ》であった。

ところで、今ふと気付いたのだが、本稿を書きながらマスクをかけていた。何ぴとたりとも立入り禁止、しかも母屋とも隔絶された離れの書斎である。それでもマスクをかけているというのは、もはや衛生用品ではなく生活の一部、いや肉体の一部となっているからなのだろう。

スペイン風邪の流行から百年、私が胸も病まず光化学スモッグにも冒されずに命を保ってきたのは、ひとえにマスクの福音なのかもしれぬ。

旅と薬と

前回は私たち日本人とマスクの親和性について書いた。

機内で使用していたマスクをはずし忘れて入国審査を受け、一騒動になったという話である。

それはそれとして、実は旅行者にとってかなり重要な部分を、紙数の都合上サラッと書き流してしまった。つまり、「手荷物の中の常備薬の説明を求められるに及んでますます事態は混乱した」という件《くだり》である。よって今回は、その点について書き加えておかねばなるまいと思い立った。

子供の時分から大の医者嫌いである。どのくらい嫌いかというと、病院で測定した血圧は必ず10や20ははね上がっている。待合室では脂汗をかき、動悸《どうき》やめまいに襲われることだってある。そうした次第であるから、よほど具合が悪くならない限り医者にはかからず、たいがい市販薬ですませていた。

要するにもともと体が丈夫であったせいで、医者とはほとんど縁がなく、また市販の薬品がよく効く便利な体だったのである。

　すると当然、外国で医者にかかるなどまっぴらごめんであるから、海外旅行に際しては薬をドッサリと携行することになる。しかも旅慣れてくるほどに、ほかの荷物は取捨選択されて少なくなるが、経験によって常備薬は増えるのである。

　べつだん私に限った話ではあるまい。諸外国に比べてわが国は、市販薬の種類が豊富であり、なおかつ日本人はおしなべて用心深い。

　さて、こうした状況下において「手荷物の中の常備薬の説明を求められる」という段になると、なかなか難儀である。市販薬の多くには、英語の効能書きなど付いていない。まして適応症の説明などできる人は稀《まれ》であろう。しかしあわててはならぬ。身ぶり手ぶりであんがい通じる。風邪薬なら咳《せき》こみ、胃腸薬なら腹を押さえ、抗炎症剤なら首筋をポリポリと掻《か》けばよい。

　ところが年を食うほどに厄介が増えた。五十なかばを過ぎたころ、まったく予期せぬ心臓病にかかった。てっきり毛が生えていると思っていたのに、多年にわたる不摂生、わけても一日五百歩目標というふしだらな生活の報いであった。するとここに、かつて縁のなかった、なおかつ身ぶり手ぶりでは説明のしようがない「病院の処方薬」が加わったのである。

その数は七種類に及び、長期滞在の旅ともなれば常備薬を凌《しの》ぐ量となる。それらはむろん、機内食の後にも服用しなければならぬから、いきおい手荷物の中は誰が見たって怪しいぐらい薬だらけとなる。

まして私は、どうしたわけか若い時分から通関時にしばしば所持品を検《あらた》められる。同一地域への渡航が多いせいか、あるいは外国人から見るとよほど怪しい人相なのか。で、大量の薬品が発見されれば、検査場はそのつど色めき立つ。

そうした際、市販薬なら身ぶり手ぶりであらまし説明できるが、病院の処方薬は難しい。だいたいからして、諸外国の病院はそんなにドッサリ薬を処方せず、だとするとよほどの重病人が命を的にラスベガスに通っているという、無理な話になってしまうのである。つまり、この日本人は麻薬の運び屋か、さもなくば深刻なギャンブル依存症か、という疑惑により検査場はいよいよ色めき立つ。

さて、この問題をホームドクターに相談したところ、処方薬それぞれの効能と服用に際しての注意事項、すなわち調剤時に添付される書類の英語訳を用意してくれた。

　これは便利である。以来、説明を求められたならば、申告書のようにこの書類を提示するだけでよくなった。しかし、ロサンゼルス空港の係員に限っては、その表情から察するに「深刻なギャンブル依存症」の疑惑を、むしろ深めているようにも思える。

　それはさておき、高齢者がさかんに海外へと旅するようになった昨今、病院処方薬の英訳説明書は必携であろう。できれば市販薬にも英語の効能書きが添付されていればよいと思う。


　そう、薬といえばこんなことがあった。

　かつて北アフリカ諸国を旅した折に、モロッコのマラケシュで原因不明の発熱をした。酷暑のサハラ砂漠をさまよった末の熱中症か、暴飲暴食のあげくの食あたりか、それともただの風邪かよくわからぬ。

　寝こんだ場所はマラケシュの『ラ・マモーニア』。私の旅行人生の中では、はっきり「世界最高」と断言できるリゾートである。滞在中は熱に浮かされていたのに、それでも極楽浄土のような記憶しか残っていない。

かのウィンストン・チャーチルは、カサブランカ会談の帰りに「君を世界一美しい場所に連れていってあげよう」と言って、フランクリン・ルーズベルトをこのラ・マモーニアに誘った。また、アルフレッド・ヒッチコックはここのカフェテラスで『鳥』の着想を得たし、『知りすぎていた男』の撮影にも使った。

そうした場所で発熱した私は、不運なのか幸運なのか、いまだによくわからない。

カード会社のカウンターに電話をして、医師の往診を依頼した。旅先で病んだ場合、これは妙手である。クレジットカードの保険に付帯するサービスであるから代金も一切不要であり、しかも純白の衣裳を着たアラブの王子様みたいな医師が、魔法の絨毯《じゅうたん》に乗ってきたのではないかと疑うほど、アッという間にやってきた。

しかし困ったことに、彼はアラビア語とフランス語しかしゃべれないのである。

そこでお得意の身ぶり手ぶりと、おたがい同程度の稚拙な英語で問診の開始。医者も小説家もずいぶん勉強してきたはずなのに、まさかこの期に及んで英語の壁があろうとは。

そんなわけで、たぶん診断に自信のなかったアラビアの医師は、注射も点滴もせず、解熱剤を箱ごと置いて帰ってしまった。サハラ砂漠の空の色に似た鮮やかな青の、とは言えいかにもそこいらで売っているような、売薬丸出しのパッケージであった。

ところが、その解熱剤が覿面《てきめん》に効いたのである。私の経験によれば、諸外国の市販薬はえてして強力なのであるが、だにしてもケロリと熱が引き、翌朝にはラ・マモーニアのプールで泳いでいた。

むろん、サハラの空の色に似た薬は大切に持ち帰った。そして後日、年甲斐《としがい》もなく扁桃腺《へんとうせん》が腫《は》れて高熱が出たとき、待ってましたとばかりに青いパッケージを探し出して愕然《がくぜん》とした。

よく効くのである。しかし数年前の話であるから、医師の説明は覚えていない。そしてアラビアの薬には当然のごとく、アラビア語の説明しか書かれていないのであった。卓効を顕《あらわ》す強い薬であればこそ、用法も用量も見定めずエイヤッと嚥《の》むわけにはゆくまい。仕方なく病院に行った。

ああそれにしても、極楽の記憶のごとく甦《よみがえ》るラ・マモーニアの風景。チャーチルのインビテーションは、けっして大げさではない。

ロス空港の大捕物

新型コロナが猖獗《しょうけつ》をきわめるこのごろ、書斎にとじこもる日々が続いている。ひたすら読み、ひたすら書く。これこそが本来の姿なのだと思えば、おのれの日常にどれほど無駄や余分があったことかと、反省しきりである。

しかしながら、外出自粛はともかくとしても、旅に出られぬというのはつらい。

そもそも私が十七年にもわたって本稿を書き続けているのは、「旅する作家」だからである。小説を書くためには取材や資料蒐集《しゅうしゅう》、わけても人々の生活や自然のデッサンが必須であると考えているので、しばしば現地に足を運ぶ。書斎は制作の場であって、思案するべき場所ではない。

つまり、一般的なイメージとして書斎にとじこもっているはずの小説家の中で、異常に搭乗回数が多く、マイレージもコツコツ貯《た》めてきちんと使い、なおかつCAにも愛想のいいやつがいるから、旅にまつわるエッセイでも書かせてみよう、というのがことの発端であったと思われる。むろん私にとっても、小説には書きようがない取材旅行の体験談を、同じ旅人の読者に紹介できるのは楽しい仕事であった。

かくかくしかじか、取材旅行に出られぬのはつらいところであるが、幸いまだまだ旅の余譚《よだん》には事欠かぬ。よってこの先しばらくは、今まで秘蔵してきたとっておきのエピソードをご紹介しようと思う。

去ること数年前、ロサンゼルス空港での出来事である。

ロス乗り継ぎと言えば、まちがっても小説を書くための取材旅行ではない。年に一度の休暇を、私はラスベガスで過ごす。そのタイミングは盆でも正月でもなく、長篇小説を書き上げて頭の中をリセットしなければならぬときである。四百字詰め原稿用紙で二千四百枚。全四巻の『中原《ちゅうげん》の虹《にじ》』は、張作霖《ちょうさくりん》ひきいる満洲馬賊がなだれを打って山海関《さんかいかん》を越える、というスペクタクルシーンで終わる。ということは、脱稿した小説家もその勢いでラスベガスに飛ぶのであるから怖《おそ》ろしい。

はたして、張作霖は山海関を越えたが、私はロス空港の税関を越えられなかったのである。

現金の持ち込みや持ち出しについては、どこの国でも制約があることをご存じであろう。アメリカ合衆国では、米ドル換算で一万ドル以上を所持していた場合は申告が必要となる。もっとも、一万ドルの現金を持ち歩くなど、麻薬の密売人かカジノの客ぐらいのものであろうが。

むろん、あらかじめ申告書は用意してあった。ところが税関職員はパスポートを検《あらた》めるやいなや、「あなたはあっち」と奥のゲートを指さした。

どうやら私は国際的な悪相であるらしく、各国の通関時にはしばしばこの仕打ちをくらう。べつだん疾《やま》しいところはないからかまわないが、手間も時間も食う。ましてこのときは、トランジットに余裕がなかった。

検査官と言い争ってはならない。どこの国であろうが彼らの権限は大きいから、変に疑いをかけられれば所持品を没収されぬとも限らぬのである。しかし私の拙《つたな》い英語力では、一万ドルの使い途《みち》を説明するのが精いっぱいで、スーツケースに入れてあった大量の薬品をいちいち解説するのは困難であった。

ここは日本人旅行者の留意点である。わが国の病院は諸外国に比べて薬を多く処方するらしい。私の場合は処方薬だけで七種類、その他の市販常備薬を加え、なおかつ日本人的に用心深く用意すれば、その総量は十日分のパンツより遙《はる》かに多くなるのである。説明を求められても、「コレステロール」の正確な発音などできないし、「中性脂肪」なんて単語すら知らぬ。

検査官の表情は次第に険呑《けんのん》になり、私はいよいよしどろもどろになり、トランジットの時刻は迫ってきた。しまいには何だかものすごく弱気になって、俺はもしや麻薬の密売人なんじゃないか、などとてめえを疑うほどであった。

「オーケー、ミスター。続きは別室で聞こう」

万事休す。トランジットはともかくとして、軍資金を没収されたら何のためにベガスに行くのかわからぬ。いや、薬を没収されたら命にかかわるではないか。

ところがそのとき、まったく思いも寄らぬ事件が起こったのである。

隣のラインに、何やら派手な民族衣裳を着た旅行者がやってきた。なぜか動きはダンサー風であり、言葉はラッパー風であった。要するに、妙に調子のいいお祭り男で、一見したところ機内で飲み過ぎた様子だが、異常なテンションの高さからすると、あるいは、と疑いたくもなる。

女性の検査官と冗談まじりの問答をしたあと、大きなスーツケースが開けられた。そのとたん、ダンスもラップもジョークもたちまちフリーズした。

スーツケースの中には、何やら怪しいビニール袋がギッシリと詰まっていたのである。

お祭り男の釈明によると、それらはみな食品サンプルであるらしい。たしかにパスタやドライフルーツや、香辛料らしきものがパッケージされている。男はふたたびサンダルを鳴らして踊り始め、ラッパー風に自分が善良な商人であると訴えたが、その言動は私の目にも悪あがきとしか見えなかった。

二頭の麻薬犬がやってきた。こうなると検査官は、私のことなどもうどうでもよくなったらしく、「オーケー、ミスター。もういいよ」となった。

ラッキーである。しかし、だからと言ってこの場は立ち去りがたい。なにしろ大捕物を目前にしているのである。

麻薬犬はたちまち、スーツケースに詰め込まれた食品サンプルの中から、違法薬物の粉末を嗅ぎ当てた。

そのとたんどうなるかというと、さすがはアメリカである。担当の女性検査官が一声「Drugs!」と叫ぶや、周囲の検査官が拳銃を握ってドッと駆け寄り、お祭り男は俯《うつぶ》せにされて後ろ手錠をかけられた。その間、ほんの二秒か三秒であったと思う。

ああ、それにしても――。

こうして過ぎにし出来事に思いをいたせば、自由に旅のできることのいかに幸せであったかを知る。あるいは、私たちは人生における旅の価値を、まるで知らなかったのだと思う。

ちなみに、ロス空港での出来事の後日譚であるが、あの日の通関で一万ドル相当の所持金を没収されようがされまいが、帰路は一文なしであった。

ごちそうさま

「いただきます」と「ごちそうさま」は、およそ日本人である限りおろそかにできぬ儀礼である。

たとえ声に出して言わなくても、食前食後には誰もが一呼吸置いてそう胸に念じる。まことうるわしいならわしである。

これらに相当する外国語は思いつかない。少なくとも英語と中国語に、「いただきます」はないと思う。「ごちそうさま」は礼儀というよりお愛想として何か言わねばならぬから、たとえば「Thank you for the meal」とか「吃好了《チイハオラ》」となるのだが、やっぱり「ごちそうさま」とはニュアンスがちがう。

そもそも日本人の「ごちそうさま」は、礼をつくす相手を必要としない。天恵に対する感謝としての、「いただきます」「ごちそうさま」なのである。よって、ひとりでカップラーメンを啜《すす》る場合でも、あだやおろそかにはしない。どうしたわけか私たち日本人は、太古から食事のたびにそう念じ続けてきた。

話は突然変わる。

令和二年六月初旬、すなわちコロナ禍も真ッ最中に、旧友から衝撃の知らせを受けた。

神田神保町はすずらん通りの『キッチン南海』が、六月末をもって閉店するというのである。一瞬、エッと叫んでスマホを取り落とした。おのれの人生の一部分が、消えてなくなるような気がしたからであった。

本稿の愛読者はすでにご存じと思うが、私はカレーに偏執している。そしてその執着の原点にして基準となっているのは、神田神保町すずらん通り『キッチン南海』のカツカレーなのであった。

この先は限りある紙数の都合上、かつ舞台の設《しつら》えにふさわしく、拙著『天切《てんき》り松《まつ》闇《やみ》がたり』ふうの筆に改めさせていただく。


さて、話ァ今を溯《さかのぼ》ること五十数年前《めえ》の夏の日ざかり、十と五歳の俺が家《ヤサ》の近所の神田神保町を、空《す》きッ腹《ぱら》かかえてブラブラと、流していたと思いねえ。

家があっても親がねえ。親がなけれァ飯が食えねえ。おまけに飯を食ったら本が買えねえ、本を買ったら飯が食えねえてえ懐具合さ。

カレーの香ばしい匂いに誘われてすずらん通りを歩き、ひょいと見れァ看板に、本を買ってもライスカレーが食えるてえおあつらえ向きの店があった。「いらっしゃいまし」と威勢のいい声がかかって暖簾《のれん》を分けりゃあ、店の中はギッシリ満員の大繁盛。カウンターに腰を下ろせば熱くて辛くて真ッ黒なライスカレーが出た。いやはや、そいつのうめえの何の。俺ァすっかり首ったけになっちまって、惚《ほ》れた女でもあるめえに三日にあげず通いつめたものだったぜ。

大学に行かずに自衛隊。市ヶ谷駐屯地に配属されたのをこれ幸いに、外出のたんびに神田まで一ッ走りさ。みなさん泣いて喜ぶ帝国陸海軍以来のライスカレーなんて、ケッ、俺に言わせりゃちゃんちゃらおかしかった。

カツカレーを食い始めたのはそのころだったかの。カレーの専門店がメニューを増やして、チキンカツや魚のフライを出すようになり、〝カレーの南海〟てえ看板も〝キッチン南海〟に変わった。したが俺ァ、カツカレーだ。他の客があれこれ食ってるのを見れァ、定めしうまかろうと思っても、口は二つねえんだから仕方ねえさ。

それからいろんなことがあった。物書《け》えて飯を食うのは生易しい話じゃねえから、いろんなことがあった。「いらっしゃいまし」「ありがとうございました」しか言わねえシェフの帽子は、いつも真ッ白だった。何もかもがめまぐるしく変わっていくのに、『キッチン南海』は変わらなかった。だから俺も、まだ大丈夫だと思うことができた。そうして二人は、カウンターを挟んで一緒に齢《とし》をとっていった。「いらっしゃいまし」「いただきます」「ごちそうさま」「ありがとうございました」。かわした言葉はずっとそれだけだった。

そんな俺が、ようやっと物書えてお足を頂戴するようになったのァ四十のあとさき、ちょいと目を持ったと思ったら、そっからはとんとん拍子にうまくいった。そうとなれァ顔も売れるんだが、ガキの時分から食い続けたライスカレーがやまるわけもあるめえ。なにせ本屋だらけの神保町だから、やたらと面が割れる。相席の客に声もかけられるし、店から出たとたんに待ち伏せで、サインしてくれなんてえこともあった。

駿河台のホテルで缶詰仕事をしていたときにァ、昼飯がカレー、晩飯がカツカレー。ほかのメニューを取らねえのはガキの時分からの習い性か、いやそうじゃねえ、これがおいらのあてがいぶちだって、勝手に決めていたのさ。

それでも、たがいにお愛想ひとつ言ったためしがねえ。「いらっしゃいまし」「いただきます」「ごちそうさま」「ありがとうございました」それだけだったぜ。

三日にあげず通っていた店が、週に一度となり月に一度となっちまったのァ、齢食ったせいさ。神田はもともと学生の町だから、食い物は何だって盛《も》りがいい。よもや食い残すわけにァいかねえし、盛りを軽くしてくれなんて、口がさけたって言えるもんかよ。

そのうちシェフの姿が見えなくなった。暖簾分けかと思ったがそうじゃなかった。何たって余分な口をきいちゃならねえ店なんだから訊《たず》ねようもなかろう。もっとも、シェフが死んでも味はまるっきし変わらなかった。すげえ店だぜ。

どうでえ。これで俺がスマホを取り落としたわけが、ちったァわかってもらえるだろう。あの店は親の説教よりもいろんなことを教えてくれた。親の飯より数を食ったんだからあたりめえだがな。

閉店まで残り少ねえてえ雨の日に、食いおさめのカツカレーを食いに行った。コロナがどうした。世の中にァ命より大事なカレーがあるんだ。そう思い定めた連中が、すずらん通りを貫いて靖國《やすくに》通りまで並んでやがった。

空きッ腹はいいもんだの。本か飯かと迷ったころを思い出した。こんちくしょう、最後の最後まで説教たれやがると思や、雨と涙がいっしょくたになった。二時間並んでカウンター席に腰かけた。カツカレーを注文して、ふと魔が差した。「ショウガ焼きも」。節を曲げたわけじゃねえよ。どうにか一丁前になったんだから、あてがいぶちに一皿足してもよござんしょう。なァ、シェフ。『キッチン南海』はすずらん通りに五十四年。俺ァそのうち、五十三年を食い続けた勘定になる。なぜかって？　そりゃあおめえ、決まってるだろ。うめえからさ。

「ごちそうさまでした」

スプーンを置いて俺は言った。

「Thank you for the meal」でも「吃好了」でもねえぞ。天の恵みにごちそうさまだ。

「ありがとうございました」

雨の通りに出たとき、名前も知らずじまいだったシェフの声が背中を追ってきた。

昭和十一年の忘年会

ただいま一九三六年を舞台とした小説を書いている。

いまだ西暦になじめぬ私にとっては、「昭和十一年」の話である。大昔のようでありながら、私の生まれるたった十五年前だと思えば感慨深い。

この年は国の内外ともにあわただしかった。正月早々日本は、ロンドン海軍軍縮会議からの脱退を通告。ワシントン体制の崩壊である。二月には二・二六事件。五月に阿部定事件。七月、スペイン内乱の勃発《ぼっぱつ》。八月には国際情勢などどこ吹く風と、ベルリンオリンピックが開催され、ヒトラーが開会宣言をした。このころ、中国では抗日運動が激化し、在留邦人の犠牲が多く出ていた。十一月にはのちの日独伊三国同盟につながる日独防共協定が調印される。

そして十二月十二日、その後の日本と中国の運命を決定づける大事件が起こる。中国陝西《せんせい》省の省都西安において、張学良が蔣介石を監禁し、内戦の即時停止と一致抗日を迫った。つまり、共産軍と戦っている国府軍の司令官が、督戦のため訪れた総司令官を襲撃し、拘束したのである。このクーデターの成功により、日中全面戦争は不可避となったと言える。

さて、この大事件を物語に仕立てるにあたり、当時の新聞を精査していたところ、たいそう面白い記事を発見した。

以下、昭和十一年十二月十三日付「東京朝日新聞」より。

空っぽの外務省
　温泉に出払っていた首脳部

「張学良軍の兵変」「蔣介石氏を監禁」

「南京に臨時戒厳令」――動乱支那を浮彫にした飛報が釣瓶《つるべ》打ちに東支那海を越えて来《き》た十三日朝、戦場の慌《あわた》だしさを予想される霞ヶ関は墓場のように静まりかえっていた。前日の十二日、正午から三時頃までに情報部は○○部長以下伊豆の伊東温泉へ、東亜局は同じく伊豆の長岡温泉へ、その他の各部局もそれぞれ各温泉に出かけて空っぽなのだ。

へえ、そうだったのか。

歴史家にとってはどうでもよい話であろうが、小説家にしてみれば快哉《かいさい》を叫びたいぐらいの大発見である。どれほど想像力を働かしたところで、こんなストーリーはとうてい思いつくまい。

温泉に泊まりがけで職場の忘年会なんて、今ではとんと聞かないが、当時は欠くべからざる恒例行事だったのであろう。

昭和十一年のカレンダーによると、第一週の土日は五日と六日、第二週は十二日と十三日で、その後はさすがに忙しかろうからスケジュールはそこに集中したと思われる。よって、「各部局もそれぞれ各温泉に出かけて空っぽ」になった。しかも「霞ヶ関は墓場のように静まりかえっていた」というからには、外務省以外の諸官庁も同様であったらしい。

観光バスを仕立てる時代ではない。土曜日の「正午から三時頃までに」とあるのは、当時土曜日は半ドンだったので、仕事をおえてから現地集合、という意味であろう。昔の男はカジュアルな外出着などは持たなかったから、ホームスパンの三ツ揃いにネクタイを締め、ソフト帽に外套《がいとう》という日頃の登庁スタイルで、列車に乗りこむ役人たちの姿が思いうかぶ。なかばウキウキ、なかばイヤイヤ、というところか。

海外との主な通信手段は電信であったろうから、外務省情報部はあらゆる対外情報の窓口であったと思われる。こちらは部長以下ほぼ全員で伊東。一方、記事中にある東亜局は東アジア全域を担当する。こちらもたぶん局長以下ほぼ全員が伊豆長岡。

しかし、この忙しい日程で伊東と伊豆長岡という目的地の選択はいかがなものであろう。今日とちがって相当遠いはずである。

伊東線の全通は昭和十三年の暮れで、この時点ではまだ網代までしか開通していない。するとその先の伊東まではバスかタクシー、いや乗合船ということなのではないのか。

一方の伊豆長岡も、昭和九年十二月に丹那トンネルが開通して便利にはなったものの、それでも三島乗換えの手間は今日と同様である。

この謎を解くキーワードは、「その他の各部局もそれぞれ各温泉に出かけて空っぽ」という記述である。つまり、各省庁の各部局の恒例行事がこの週末に集中すれば、宿の差し合いを避けねばならぬ。できれば温泉地も別のほうがよかろう。そこで、幹事が不得要領であったり、あるいは仕事が忙しくて出遅れたりすると、熱海や箱根の近場から宿が埋まってしまい、遠方まで足を延ばさなければならなくなる。

伊東と伊豆長岡という、当時としてはいかにも遠すぎる温泉地の選択は、この推理でいかがか。時局がら外務省情報部と東亜局は、実務に忙しかったのである。

そもそも職場の団体旅行など知らぬ若い世代には、さっぱりわかるまい。だがその昔、下戸ゆえにさんざっぱら幹事をやらされた私は、確信しているのである。

まず、自分の仕事をしながら社員旅行の企画をすること自体、ものすごく難しい。しかも男だらけの職場の慰安旅行といったらあんた、定めて無礼講であり、杯盤狼藉《はいばんろうぜき》の限りを尽くすのである。よって、他の役所や部局と宿を差し合ってはならぬ、というのは鉄則であった。

昭和十一年十二月十二日未明、張学良軍は蔣介石の宿舎である西安郊外華清《かせい》池《ち》を急襲した。世に言う西安事件の勃発である。

張学良は内戦の即時停止と一致抗日を迫り、蔣介石は頑《かたく》なに拒み、ついには南京から蔣介石夫人の宋美齢をはじめ要人たちが、延安からは周恩来ら共産軍の代表が西安に飛来して合議するという緊迫した事態となった。

華清池は玄宗皇帝と楊貴妃のロマンスで知られる温泉である。奇《く》しくもこの驚愕《きょうがく》の一報を、日本の温泉で聞いた外交官たちは、いったい何を考え、どう動いたのであろうか。

私たちはその後の歴史を知っている。だが歴史として残りえない瑣末《さまつ》な記事は、実に生々しく面白く、時代の真相を記録している。事実は小説より奇である。ならば小説家が歴史にアプローチする方法は、これしかないと思う。

ところで、ここまで書いて今ふと思いついたのであるが、この五年後、すなわち昭和十六年の十二月には、各省庁の恒例行事が催されたのであろうか。ちなみに、第一週の土日は六日、七日。あくる八日の月曜日に太平洋戦争が始まった。

まさか、とは思うけれど。

昭和三十年の温泉旅行

「昔はこうだった」と好んで語る手合いを、「ノスタルジジイ」と呼ぶらしい。まさかジジイが自称するわけでもあるまいから、若者たちがそう名付けたのであろう。すばらしいネーミングである。どうやら若い世代の人々は、読書不足によって語彙《ごい》が貧困になったぶん、その少ない単語を上手に使い回すという能力を持っているらしい。

それはつまり、日本語の英語化という意味でもあるのだが、こうした面白い言葉が次々と発明されていくという世の中も悪くはない。

さて、前回は「昭和十一年の忘年会」について書いた。スーパー・ノスタルジジイは懐旧譚どころか、生まれる前の話さえ見てきたように書いちまうのである。

そこで今回は自戒をかねて、虚飾なき体験を記そうと思う。

おそらく以下は、私の最も古い旅の記憶である。人間の記憶が何歳から始まるかは知らぬが、仮に四歳とすると昭和三十年、すなわち一九五五年ということになる。

町内会の親睦旅行に、祖母が私を連れていってくれた。どうして祖父でも兄でもなく、幼い私であったのかは知らない。祖父は社会性を欠く人であったし、兄が小学校一年生だったとすれば、私がお供をした説明はつく。

東京駅のプラットホームに集合し、むろん新幹線ではないチョコレート色の列車に乗って、熱海だか伊東だかに向かった。

古い記憶には連続性がない。アルバムを開いて、モノクロームの写真を見るような点描である。車窓の左手に海が見えていたから、やはり熱海か伊東だったのであろう。

横浜駅で「シウマイ弁当」を買った。今では窓ごしに駅弁を買う光景など見られなくなったが、当時はそのやりとり自体が旅の風物であった。

ふと思いついて調べたところ、かのシウマイ弁当の発売開始は昭和二十九年。ビンゴである。つまり発売たちまち大評判となり、横浜駅でみんなが買った。今も変わらぬひょうたん型の醤油入れとの、初のご対面であった。そう思えば、かのシウマイ弁当を私は六十五年間も食べ続けている勘定になる。

それはさておき、昨今の都市生活者の多くは、「町内会の親睦旅行」そのものが理解不能なのではあるまいか。

では、ノスタルジジイが解説する。

かつての東京二十三区内は、夥《おびただ》しい「町」に細分化されていたのである。私の生家は「中野区上町《かみちょう》」にあり、同町内の世帯数はおそらく、多く見積もっても二百程度だったのではあるまいか。つまりそうした小さな町割りが、まるで蜂の巣のように犇《ひし》めき、幹線道路ぞいは「何丁目」という区分でやはり細かく分けられていたのである。

そうした町内にはそれぞれ町内会が存在し、古い住人で人望のある人物が、持ち回りなどではない世話人を引き受けていた。

マンションの登場は後年である。アパートはあったが、貸家や下宿のほうがずっと多かったと思う。一戸建ての家もほとんどは借地であり、わが家も旧来の農家とおぼしき地主に地代を支払っていた。また、転職も転勤も少なかったのであろうか、そもそも転居がないからご町内の顔ぶれも変わらず、したがって仲のよしあしにかかわらず、住人たちはたいそう親密であった。早い話が、落語にあるような江戸時代の生活が連綿と続いていたのである。

そのような伝統的町内会の存在意義は、今日のようにゴミの分別とか清掃とか、子供らの登下校の見守りなどではなかった。ビニール等の不燃物がほとんどないので分別の必要はなく、みなさんきれい好きで掃除は怠りなく、空巣狙いはいても子供を害するような変質者はいなかったのである。

町内会の行事としてまず思い出されるのは、神社の祭礼。町ごとの神輿《みこし》があった。あるいは町内会が講社講中《こうしゃこうじゅう》となっている遠くの神社への参詣。ほかにも無尽講と称する持ち回りの宴会がしばしばあって、つまりわが家では酒癖の悪い祖父はそれらに参加せず、祖母がご近所付き合いを担当していたのであった。

これはまあ、私の生まれ育った町内の事情であるが、東京都内はどこも似たようなものであったろうと思う。

すると当然、「町内会の親睦旅行」も催される。たしか春秋の二度、これに先の神社参詣を加えれば、年に三回ないし四回もご近所のみなさんで泊まりがけの旅行に出ていたことになる。プライバシー優先の今日からは、想像もできぬ話であろう。

しかも父親たちには、前回ご紹介したような「職場の親睦旅行」がある。サラリーマンは会社の、自営業者は組合などの旅行である。これではまず、家族旅行のプランなど入りこむすきがあるまい。すなわち、昭和三十年の旅行といえば、多くの場合「団体旅行」であったことになる。よって旅の形態が時流に合わせて個人旅行に変わると、かつてのコンセプトによって作られた団体仕様の大型旅館は経営が難しくなった。

私の記憶に刻まれた昭和三十年の温泉旅行は、実にそうした旧《ふる》き良き時代のワンシーンなのである。

ここまで原稿を書いたところで、ソーメンを代用したオリジナル和風ぶっちぎりパスタをこしらえて腹を満たし、ふと祖母が恋しくなって古いアルバムを開いた。古いのなんのって、セピア色どころではない。まるで幕末の古写真である。それにしても、四歳の私はどうしてこんなにかわいかったのであろう。同じ齢《とし》ごろの孫なんて、全然問題にならぬ。

驚愕の一葉を発見した。

まさか心霊写真ではない。昭和三十年の温泉旅行とおぼしき集合写真である。熱海か伊東かはわからないが、湯気の立ちこめる大浴場に、懐かしき町内会の面々が三十人ばかりも、ある人は湯舟に浸《つ》かり、またある人はタイルの床に大あぐらをかき、むろん風呂場なのだから全裸で、そしてここが肝心なのだが男女こもごもに、堂々と写っているのである。

四歳の私は、ちょうど祖母の体を隠す感じで、ちんまりと正座していた。かわいい。いや、そういう話ではなく、町内会の旅行の記念写真がこれなのである。前記の諸事情により、実質的にはご隠居旅行になるのはわかる。しかし、駅頭の間歇泉《かんけつせん》やお宮の松を背景にするでもなく、混浴が当たり前の時代とはいえ、宿泊先の大浴場で全裸の集合写真とは。

しかも、アングルといい光量といい実に適切で、とうてい素人が撮ったとは思えぬ。おそらく地元の写真館からプロフェッショナルが出張して、マグネシウムを焚《た》いて撮った一葉にちがいない。だとすると、当時はありふれた記念写真だったのかとも思えるのである。そして、その撮影の場面が私の記憶にとどまっていないのは、やはり幼心にも特別な趣向とは思えなかったからであろう。

明治三十年生まれの祖母は五十八歳。だが写真の中の彼女は二十を足しても間に合わぬくらい老けている。

アルバムを閉じて、私たちが繁栄の壁の向こうに捨ててきたか忘れてきたかしたものの大きさについて、ノスタルジジイはしばらく考えこんだ。

命のパン

初めてヨーロッパを訪れた折、パンのおいしさにいたく感動したおぼえがある。

小麦粉の香りが立つ、塩と水だけで練り上げたように思える素朴な味。「人の生くるはパンのみに由《よ》るにあらず、神の口より出づるすべての言《ことば》に由る」という聖書の訓《おし》えを裏返せば、まさしく人はこのパンを食べて命をつないできたのだなと思った。

国内にはまだ本格的なベーカリーが少なかった。それらしいしゃれた店があっても、やはり甘くてモッチリとした日本人好みの味と食感を免れてはいなかった。都心のホテルですら例外ではなかったと思う。

しかし年月を経て、このごろではパリのブーランジェリーにひけをとらないパン屋さんがあちこちにある。よほど郊外の私の家の近くにも、朝七時にオープンというパリ流のブーランジェリーが店開きした。ただいま焼き立てのバゲットをかじりながら原稿を書いている。至福の朝である。

生家の筋向かいに鉄工所があり、その並びがパン屋さんだった。昼時にはガスバーナーの火花が消えて、職工さんたちは隣のパン屋さんで昼食を買った。コッペパンが十円、それにジャムやピーナッツバターを挟んで十五円。とても大人の腹が満たされるとは思えないが、判でついたような彼らの昼食だった。

コッペパンといえば、小学校の給食である。毎日が定めて脱脂粉乳とコッペパン。これに日替りのおかずが一品つくのだが、低学年の児童にとっては多すぎた。そうしたわけで、さすがに小学生になってからは、向かいのパン屋さんでコッペパンを買った記憶はない。

店先に並んでいたのは、アンパン、ジャムパン、クリームパン。甘食にメロンパン。あれ、甘い菓子パンばかり。つまり、カレーパンやコロッケパンなどの調理パンが登場するのは、後年なのである。

さように思いたどれば、六十数年前のあの当時、パンは食事というよりお菓子とされていたのかもしれぬ。あるいはおコメの代用品か。

などとあれこれ考えていたら、パンについての探究心が頭の中で膨らんでしまい、バゲットをかじりながら書庫に入った。

ほう。「パン」はラテン語由来のポルトガル語だそうな。だとすると、鉄砲伝来と同時に日本にもやってきたにちがいないが、やはりおコメで口の奢《おご》った日本人には、さほどうまい食べ物だとは思えなかったのだろうか。

いや、それは浅慮というものであろう。たとえば、パン食が盛んになれば「おコメ本位」の経済が崩壊し、おコメの支配者たる武士の権威が失墜するのではないか、と怖《おそ》れた末の「禁パン政策」というのはどうだ。いやいや、ならば「禁教政策の一環」と考えるほうが自然であろう。秀吉も家康もキリスト教に精通するブレーンを持っていた。彼らの助言により、聖餐《せいさん》の象徴としてミサに用いられるパンを忌避した。ちと考えすぎか。しかしいずれにしろおかしなことに、江戸時代を通じて幕末に至るまで、パンに関する資料や伝承はほとんどない。

明治維新ののちも、肉食や乳製品についてのエピソードはいくらでもあるが、パンにまつわる記述は少ない。やっと注目を浴びるのは、明治十年代に入ってからである。

遠洋航海中の軍艦内で多数の脚気《かっけ》患者が発生した。諸外国の海軍ではほとんど事例がないことから、米飯の献立に原因があるのではないかと推測して、一部をパン食に変更する実験を試みたところ、劇的な効果が認められたのである。以後、海軍ではパンが主食となった。

兵食としてのパンには二種類があり、食パンを「生麺麭《せいめんぽう》」、乾パンすなわちハードビスケットを「乾《かん》麺麭」と称した。余談ではあるが、この「麺麭」を現代中国語の簡体字で表記すれば「面包《ミエンパオ》」で、そのまま「パン」の意味である。

兵員一名に対する一日の定量は一〇二〇グラム。つまり約一キログラム。一食あたりでは三四〇グラムという計算になり、これがどうやら食パンの「一斤」という単位になったらしい。尺貫法の目方の単位としての「斤」とはちがう、食パンの重さを表す「斤」である。

しかし、むろん日本の軍艦であるから、白米が消えたわけではない。戦闘時には必ず艦内の烹炊所《ほうすいじょ》から握り飯が炊き出された。ここ一番の力飯である。日本海海戦の「三笠」の艦橋にも、沖縄特攻の「大和」の戦闘中にも、届けられた食事はパンではなく握り飯だった。

こうした史実から想像するに、やはり海軍のパン食は脚気対策のためであり、兵員たちはみな米飯食を熱望していたにちがいない。昭和十年に至って米飯食が完全復活したのは、悲願達成というところか。ただし、むろん脚気予防のため陸軍の兵食と同様に、二割は麦であった。

ところで、その陸軍のパン食の実情はどうであったかというと、妙なことに海軍の米飯復活とは逆に、昭和五年になってから本格的なパン食を導入している。と言っても、週に一度の夕食という程度であったが、おそらくいずれ来るべき対ソ戦に備えて、パン食の戦闘時における利便性と、加うるに寒冷地での適応性を考慮したのであろう。

本稿でもかつて書いたが、陸軍の米飯食の定量は一日六合とされている。江戸時代の武士の一人扶持《ひとりぶち》が一日五合とされていたから、国民皆兵の必須条件として一合増しの六合、しかも三で割って一食二合ならば計算が立てやすい、という理由ではないかと思う。

しかし、それにしても一日六合といえば米飯だけでおよそ三千キロカロリー、副食物を合算すれば四千キロカロリーを優に超えよう。さらにパン食の際には、シチューだのカレーだのといった高カロリーの煮込み料理が副食物として加えられ、パンになじめない兵隊たちのために、「嘗《な》め物」と称されるジャムや砂糖や蜂蜜などを添えた。

当時の市中物価を考えるとこの「嘗め物」は相当の高級品で、パン食に対する兵隊の不満を宥《なだ》める苦肉の策であったと思われる。

往時の日本人男子は徴兵制度により兵役の義務を負った。カレーやトンカツをはじめとする軍隊由来の料理が、全国にくまなく広まったのはそのせいである。

軍隊帰りの私の父は台所に立つタイプではなかったが、ドンブリのような飯茶碗で三膳飯を食らい、そしてバターやジャムを「嘗め物」と呼んだ。

そう考えると、終戦からたかだか十年ばかりしか経《た》っていないあの時代の、街角のパン屋さんの風景は腑《ふ》に落ちる。

筋向かいの鉄工所の職工さんたちは、コッペパンに好みの「嘗め物」を挟んで昼食とし、パン屋さんの店先にはアンパンやジャムパンや甘食が、ずらりと並んでいた。たぶんおコメの代用食を脱することのできなかったパンは、けなげにもおコメに似ようとして、甘くモッチリとした日本のパンに進化していったのであろう。

バゲットも食い飽き、古い資料も書棚に戻した。コロナ禍にあって本日もまた無為徒食、と反省するそばから口直しのクリームパンが食いたくなった。日本人の命をつないできた、甘いパンが。

サナトリウムの記憶

私が小学校四年生のとき、同居していた祖父が結核を発症した。

本稿にもしばしば登場している、江戸前の祖父である。明治三十年の生まれであったから、当時は六十代なかばだったが、昔の人はたいそう老けていた。

前年に同い年の祖母が亡くなって、それからの祖父の消沈ぶりは幼い孫の目にも痛ましいほどであった。信仰心などてんでなかったはずなのに、毎朝仏壇に香華を手向けて合掌し、たどたどしく経文を誦《ず》したあと、しばらくぼんやりとしていた。そうした落胆が病を招いたのかもしれない。

特効薬ストレプトマイシンの登場によって、結核はすでに「不治の病」ではなくなっていたのだが、国民はいまだその恐怖から免れていなかった。ましてや祖父に愛されていた私は、自分もきっと感染していて、遠からず喀血《かっけつ》して死んでしまうのだろうと思った。

保健所から白衣にマスクものものしい一団がやってきて、家の中が真ッ白になるくらい消毒薬を撒布《さんぷ》した。ご近所の人々はまったく寄りつかなくなった。玄関やらトイレやら台所やら、あちこちにクレゾール液を満たした洗面器が置かれて、手を洗い続けた。

学校で差別を受けなかったのは幸いであった。担任教師がクラスの全員にきちんと説明してくれたおかげである。

当時の小学校では結核予防のためにもれなくツベルクリン反応検査をし、陰性反応が出た児童にはBCGワクチンを接種した。つまり、家族に結核患者が出ても私には感染せず、むろん級友にも害を及ぼすはずがないというようなことを、教師は真剣に、時間をかけて説諭した。

その場面が記憶に生々しいのは、昔の少年の潔癖さで私が一種の責任感と、同時に強い屈辱感をおぼえたせいであろうと思う。

それにしても昔の先生は偉かった。子供らを教育するのは家庭よりも学校であり、なおかつけっして差別があってはならないという気概がなければ、私の弁護から始まって予防接種の大切さや、はてはジェンナーの種痘の逸話まで、滔々《とうとう》と語るはずはなかった。

ところで、祖父はすぐに隔離されたわけではなかった。たしか一カ月かそれ以上、襖《ふすま》一枚を隔てた座敷に寝ていた。

結核患者は専門病院に入院するきまりでもあったのだろうか、母が入院先を求めて奔走していた記憶がある。ということは、不治の病ではなくなったとは言え、やはり結核は依然として特別の伝染病だったのであろう。

父は相変わらず家に寄りつかず、家産は破れかけており、祖母は亡くなって祖父までが病に冒された。それまでの繁栄が嘘《うそ》のように、家は凋落《ちょうらく》してしまった。

晩春から初夏にかけての出来事であったと思う。その間、家の中で隔離されていた祖父とはついぞ顔を合わせることもなく、襖ごしに声をかけ合うだけであった。


やがて祖父は東京郊外の専門病院に移された。

初めて面会に行った折の記憶は鮮やかである。祖父が待望しているのなら、感染しても仕方がないというくらいの覚悟で向かった。その緊張感がまたしても鮮明な記憶を刻んだのであろう。

広い中庭を繞《めぐ》って、平屋建ての木造病棟が並ぶ古い病院であった。昭和三十年代にそう感じたのだから、戦前の建物であることはもちろん、明治か大正期から続くサナトリウムだったのであろう。

余談ではあるが、この体験はのちにずいぶん役立った。近代日本を舞台にした物語を書くには、結核という病を無視できず、なかんずく療養所の細密な様子などは資料をあたってもわからない。ところが私は、明治・大正期のまま昭和三十六年まで変わらずに存在していたサナトリウムを、実見していたのである。

まず、あんがいのことに無防備であった。防疫の意識が低かったのか、あるいは感染力のない患者が収容されている病棟であったのか、ともかく防護服どころかマスクをかけた記憶もないのである。

時刻はちょうど昼どきで、中庭では付き添いの看護人が七輪で目刺を焼いていた。当時の病院は今日のような完全看護ではなかったから、患者の身の回りの世話は家族の務めであり、看病の手がない場合は病院の斡旋《あっせん》する看護人を雇わねばならなかった。たいていは中年の女性で、思うに戦争未亡人の方々などが多かったのではあるまいか。

祖父は甦《よみがえ》ったように矍鑠《かくしゃく》としていた。ストレプトマイシンの劇的効果であろうか、いややはり、結核がけっして不治の病ではないと知ったのであろう。

さんざおしゃべりをし、同室の患者たちに孫の自慢をしたあげく、あろうことか寝巻のまま病院を出て、門前の差し入れ屋でアイスクリームを買ってくれた。そしておそるおそる舐《な》める私のかたわらでタバコを喫《す》いながら、競馬新聞を読んでいた。

愛すべき江戸ッ子であった祖父は、やがて病を克服して退院し、私が十九の齢《とし》まで健康に生きた。

私が結核という病を怖《おそ》れていたのには、社会背景のほかの理由もあった。母方は奥多摩の山頂の神社で代々神官を務めている家なのだが、結核で夭逝《ようせい》する人が多かった。そうした見知らぬ親類の悲劇を聞かされて育ち、自分も同じ血を享《う》けていると思えば、やはり怖いのである。

空気のきれいな山の上で生まれ育った人がどうしてと思えば、遺伝だの宿命だのと考えてしまったのも仕方ないが、今日的な知識ならば十分に説明がつく。

結核が国民病とまで言われた時代には、都市生活者が多く感染すると同時に、さらに多くが免疫を獲得していたはずである。しかし奥多摩の山上はそもそも結核菌のはびこる場所ではない。すると、神官の跡を継ぐ長兄ひとりを残して山を降り、都市部で進学したり就職したりする若者たちは、免疫のないまま国民病の真ッ只中に飛びこむことになるのである。

　幸い祖父の罹患を最後に、私の一族からは結核患者が出ていない。しかし、多くの読者にとっては意外であろうが、今日でもなお結核は、年間約一万二千人以上の患者が発生し、約千九百人が死亡している。その数字は少なくとも年間十万人以上が亡くなっていたかつての時代とは比ぶるべくもないが、私たちがいまだに結核菌と共生している事実を示している。以上のデータは二〇二三年九月一日付の政府広報による。

　しかるに、先人たちがこの国民病と闘い続け、安静と太陽光しか治療法のなかった時代を経てついに、ツベルクリン反応検査やBCG接種の普及、そしてストレプトマイシンをはじめとする抗結核薬の開発にたどりついたことも、また事実なのである。かにかくに私は、「コロナ後の世界」「コロナとの共存」といった議論に加わる気にはなれない。それはどこかしら、たとえば核廃絶よりも核の抑止力によって平和を保とうという、錯誤に通じると思えるからである。

　われわれは偉大なる先人たちと同様に、共存など断じて許さぬ克服の意志を持たねばならぬと思う。

続・スパ・ミステリー

久方ぶりの「続」篇である。

重ねて言っておくが、一年以上も旅に出ていなくともネタに困《こう》じているわけではない。

かつて本稿に、「スパ・ミステリー」と題する一篇があった。上州の老舗温泉旅館の大浴場で体験した、不可思議な話である。

未読の方のためにあらましをさらっておく。

数年前の春浅き四万《しま》温泉。四万の病を治すと言われる名湯である。チェックアウト前のなごり湯を堪能するべく、文化財級の大浴場に向かったところ、すでに先客があった。脱衣場の籠《かご》には、きちんと畳まれた浴衣と丹前と下着、度の強い近眼鏡が置かれていた。しかし、湯殿のどこにも人影はない。つまり、ユカタとパンツとメガネを残して、人間が消えたというミステリーである。

この謎について、私は六項目の仮説を唱えたのであるが、紙数の都合上ここでは書けぬ。知りたい向きは既刊『見果てぬ花』を参照のこと。何なら立ち読みでもよい。

しかるに、読者の皆様から多くの推理が寄せられ、中には私の仮説など恥じ入るほかはない、ほとんど真相に迫っていると思えるご高説もあった。よってそれら卓越せる推理のいくつかは、学会発表のごとく本稿において公開せねばならぬ、と思い立った次第である。

さて、大浴場の脱衣場には先客の使用したとおぼしき浴衣と丹前と下着。それもよほど几帳面に、きちんと畳まれて籠に入っていた。そして近眼鏡。これがなくては視界が不自由にちがいないほど度が強い。下着はUネックの半袖メリヤスシャツと白のブリーフパンツ。メガネのフレームからも、年配者であろうと推察された。しかし、姿はない。そのままではあまりに後生が悪いので、あれこれ考えながら長湯をしていたのであるが、三十分たっても彼は現れなかった。

そこで、私がむりやり導き出した結論はこうである。

チェックアウト前に私服を持ってなごり湯に浸《つ》かった客が、コンタクトレンズを入れたあとメガネを忘れ、ついでに着替えた下着も忘れて帰った。

かなり強引な推理である。ミステリー小説のトリックならば、確実にボツであろう。だが私なりに考えあぐねた末の結論ではあった。だから「スパ・ミステリー」の末尾には、「何かほかの解答を思いついた方は、ぜひともご一報を」と書いた。すると、ありがたいことにたくさんの「ご一報」が届いたのである。

では、勝手ながらそのうちの二つを紹介させていただくとしよう。

まず、関西在住の五十代男性読者の説。これはすばらしい。疑う余地がないほど説得力がある。

氏は十六年前から、毎日四キロのランニングを欠かさぬという。雨が降ろうと雪が舞おうと、台風が来ようとけっして休まぬ。

わかる。実はかく言う私、五十年前には陸上自衛隊に勤務していた。毎日走り続けていると、なぜか休日も走らねば気がすまぬのである。休暇中は出先でやっぱり走るのである。習慣とばかりは呼べぬ。苦痛と快楽が同義となり、「一日休むと三日後退する」というアスリート特有の根拠なき論理に呪縛されて走り続ける。そうなると、雨も雪も風もむしろ快感となる。

つまり、旅行先でもランニングを欠かさぬ人物が大浴場で着替え、浴衣と新しい下着を脱衣籠にきちんと収めたうえ、春の陽射しから目をかばう「度付きサングラス」をかけて駆け出した。

どうだ。すばらしい仮説であろう。同好者の氏ならではの炯眼《けいがん》である。季節は春うらら、大自然の中に走り出せばここちよさもいや増して、一時間を超えるロングランニングとなった。その間に同宿の小説家がやってきて、姿なき先客についてあれこれ勝手な想像をめぐらしたのである。

この仮説のキモは「度付きサングラス」。私がセッセと走っていた五十年前には、そんな贅沢品はなかったから、メガネの謎に思い及ばなかった。それでも「コンタクトレンズ」にまで肉迫したのは、惜しいと言うべきであろう。


続いてもうひとつの仮説を紹介する。横浜市在住年齢不詳の女性読者から寄せられた、これまた正鵠《せいこく》を射ていると思える推理である。

夜が更けて宴も果てたあと、酩酊《めいてい》した人々が大浴場に向かった。たとえば同窓会の温泉旅行。みなさん同い齢《どし》。そして、入浴中にひとりが心筋梗塞を起こし、救急車で搬送された。よって脱衣籠には、浴衣と下着とメガネが残される。同い齢の友人たちはみなうろたえ、残置品には気付くことなく部屋へと引き揚げる。やがて夜が明けて、前夜の騒動など知らぬ同宿の小説家が、なごり湯に浸からんとしてやってくる。脱衣籠にはユカタとパンツとメガネ。しかし人の姿はない。

お便りによれば、この仮説は御父上の実体験に基づくらしい。宴のあとで風呂に行ったら、友人のひとりが「ぷかりと浮いていた」のだそうだ。幸い同人は救急搬送ののち一命を取りとめたが、そのような状況であればたしかに、脱衣籠の残置品が朝までそのままになっていたとしてもふしぎではない。

さきの「アスリート説」は、私の自衛隊経験により得心がいった。そしてこの「心筋梗塞説」もまた、私自身の病歴により大いに首肯せらるるところである。

なにしろ命にかかわる話であるから、あえて強弁しておく。いわゆる心臓麻痺というものは、気温の急激な変化によってもたらされる場合が多い。しかしそれは一般的に想像されるごとく、急激に体が冷えるときばかりではない。まったく逆に、冷えた体を急激に温めた際にも、同様の発作が起こりやすいのである。個人差もあろうけれど、狭心症の持病を持つ私の場合、発作とは言えぬまでも、多少の胸苦しさを覚えるのはむしろ後者である。

酩酊したうえに長く寒い廊下を歩き、寒さに身を震わせながら湯舟に躍りこむ。これは危ない。友人たちがじきにやってきたのは幸いであった。

また、こうした変事が起こったとき、多年にわたってホスピタリティーの蓄積された老舗旅館はけっして騒がない。恥ずかしながらこれも私の経験譚なのだが、地元の救急車も静かに到着し、他の客に気付かれぬよう配慮をする。

そうこう我が身に照らして考えれば、この「心筋梗塞説」が正解なのかと思えてきた。しかしむろん、「アスリート説」は今日的であり、なおかつ推理として瑕疵《かし》がない気がする。さらには私自身の結論たる「コンタクトレンズ説」も、やや不利とは思えても個人的には捨てがたい。

諸説紛々として迷宮に入る、か。

吾輩はゲコである

まずは表題のわびしきジジイ・ギャグをご寛恕《かんじょ》願いたい。

夏目漱石の『吾輩は猫である』をもじったつもりなのだが、もはや古典の領分と言える同作品をご存じない人もいるであろうし、「ネコ」を「ゲコ」とシャレてみたところで「下戸《げこ》」の意味が通じぬ場合もあるのではなかろうか、などと思う。

このごろ電子機器の発達とともに文学が変質し、日本語が急激に痩《や》せたような気がしてならぬ。さほどギャグのキレがなくなったとも思えぬのだが、どうもウケが悪いのは私が年を食ったせいばかりではあるまい。

愚痴はさておき、吾輩は下戸である。下戸とは酒の飲めぬ人をいう。語源は律令制の収税区分において、年貢の多い順に「上戸」「中戸」「下戸」と定めたことにあるらしい。すなわち下戸とは「貧しくて酒も飲めない」という意味だったのであろう。

心外である。私の場合はしこたま税金を納めてきたのに「下戸」なのだ。しかも程度で言うなら「下の下」であって、乾杯すら覚束《おぼつか》ぬ。ビールのグラスに口を近づけたとたん、匂いだけでもダメ。ために半世紀前の三三九度もあろうことか水盃《みずさかずき》であり、不用意にサバランを食って気分が悪くなった経験もある。好き嫌いではなく体が受けつけぬ。おそらく私の体内には、アルコールを分解する酵素がないのであろう。ただしふしぎなことに、料理などに使用されて熱処理されている場合には何ら問題がない。

そしていよいよふしぎなことには、父も母も酒飲みであった。早くに離婚していたわりには飲酒の習慣は似ており、ともに酒を切らさぬまま肝炎、肝硬変、肝癌という酒豪の王道を堂々と歩んで早めに逝《い》った。

ならば私は、いったい何の因果で下戸なのだ！

カームダウン。なぜ腹立たしいのかというと、若い時分にはさほど不自由に思わなかった下戸が、加齢とともに無念でならぬのである。

悠々自適の日々を送るご同輩にとって、酒は無上の悦《よろこ》びであるらしい。たとえば蕎麦をたぐりながら午下《ひるさが》りの一献。ジジイの特権。あるいは幼なじみや同級生が誘い合っての「四時から飲み」。背広を脱いでしまえば高い酒を飲む理由はなく、むろん高い酒がうまいわけでもあるまい。そして、ここが最も肝心のところであるが、年寄るほど酒の味はわかるようになると聞く。

しかし私を誘う友人はいない。いったい何の因果で、彼らが仙人のごとく昼酒を酌みかわしているこのときに、私ひとりが「吾輩はゲコである」などという呪《のろ》わしい原稿を書いているのだ！

ふたたび、カームダウン。

私の無念を、ごく身近な例を挙げて解説するとしよう。

空港のラウンジには酒が用意されている。海外へと出発する高揚感とも相俟《あいま》って、さぞかしうまかろうと思う。さよう。下戸だからといって酒に興味がないわけではない。卑しいことに、体が受け付けぬ分だけ心が羨《うらや》むのである。

搭乗すればフライトまでのわずかな間にウェルカムドリンクが運ばれてくる。みなさんシャンペンをお飲みになるが、私だけがオレンジジュース。いよいよ心が沈む。

さらに備え付けのドリンクメニューを開けば、ワインと日本酒の銘柄が写真つきでズラリと並んでいる。飲めるものなら片ッ端から飲みたい。いや飲もうにも飲めんのだから、せめてアッパークラスに「下戸割引料金」を設定してもらえぬものか。略して「ゲコワリ」。羨むのを通り越して心が痛む。

そして旅先では、さらなる酷《むご》い仕打ちが下戸を待っている。

札幌で飲むビールは味がまるでちがうそうな。乾杯のあとは定めてその話題である。やれ水がちがうの空気のせいだの、いや鮮度だのと、同じ議論はこれまで百回も聞いた。てめえは炭酸水を飲みながら沈黙し、なおかつ百回聞いても結論を見たためしがない。

この場面の海外バージョンはもっと腹立たしい。ヨーロッパで飲むワインはやっぱりまるでちがうそうな。同じワインであっても、輸入品を日本国内で飲むのとは明らかにちがうとみなさん口を揃える。そしてまたぞろ、やれ輸出の手間だの時間だの、気温や湿度のちがいだろうなどと不毛の議論が始まる。

そうしたときの彼らの表情は喜びに満ちている。まさに無条件の歓喜である。所在なくバールの夜空を見上げて私は思う。かけがえのない人生の悦楽を、私は知らないのだ！

カームダウン。カームダウン。

酒飲みの家系はあると思う。ならば父母ともに酒好きであった私がなにゆえ下戸なのか。この疑問については思い当たるフシがないではない。

父は酒癖が悪かった。陽気に飲んでいたかと思うと突然ガラリと人格が変わり、飲むほどに青ざめる酒乱の体《てい》となった。叱られ殴られして母は泣くのであるが、独り酒を酌んでいても同様にさめざめと泣いた。つまり、母は母でいわゆる「泣き酒」という悪い酒癖の持主だったのである。

ということは、私は幼い時分から父に怯《おび》え、長じてからは乱暴狼藉《ろうぜき》を押しとどめ、かつ母を労《いたわ》り慰めて、てめえが酒を覚える暇がなかった。のみならず、そうした理屈に合わぬ努力をおのれに強いる酒を憎んでいたのである。

そう思うと全然納得がゆかぬ。酒癖の悪かった父母のせいで、私はかけがえのない人生の悦楽を知らぬのか！

カームダウン。

もっともらしい仮説である。何となく小説家的でもある。しかしながら、たかだかの幼時体験が遺伝子を押しのけて、匂いを嗅《か》ぐのもイヤなどという下戸を出現せしめることなどあるのだろうか。

顧《かえり》みれば下戸には得もあったと思う。まず、酒代《さかて》がかからぬというのは相当の得であろう。またどれほどの義理事であろうと上司の酌であろうと、一切飲まぬと拒み続ければそれはそれで妙な信用になった。まして車の運転と会計は下戸の務めである。

重宝がられるうちに酒席の常連となり、酒は飲めずとも酔っ払いは嫌いではないからちっとも苦にならず、ためにのちのち小説家になってからは、本人は下戸のくせにやたらと酒席の場面が多く、中には拙著『一刀斎夢録《いっとうさいむろく》』のごとく上下二巻にわたって登場人物全員がベロンベロンという作品もあった。おのれは常に素面《しらふ》のまま、酒乱や泣き酒や説教酒やからみ酒や、その他十人十色、百人百様の酔っ払いを観察してきた結果である。

ふと冷静に考えた。吾輩は下戸である。もしやそれは体質ではなく、酒癖の悪かった父母のせいでもなく、限られた夜の時間に酒を飲んでしまえば読み書きができなくなる、と考えたからではなかったろうか。

海外に出るようになってから私が真っ先に覚えた英語は、「Sorry,I don't drink alcohol at all」。今もことさら、「at all」と強調する。ことほどさように、下戸を悔やんではいない。

昭和四十年のスキー旅行

コロナ禍に見舞われた昨年は、ただの一度も旅に出なかった。

おい、本当か？　と、今さら昨令和二年の手帳を検《あらた》めてみたが、たしかに私的旅行はおろか、講演、サイン会、シンポジウム、現地取材等の仕事も、ことごとく中止となっていた。

要するに、一年の三分の一をホテルか旅館で過ごす私が閏《うるう》三百六十六日、自宅のベッドで寝ていたのである。

ならば「旅」をテーマとする本稿も、さぞかしネタに困窮するであろうと思われようが、心配はご無用。旅の記憶は無尽蔵であり、むしろ旅をおえたときから、思い出という新たな旅が始まる。

そこで今回も退屈な書斎を脱け出して、懐かしき昭和の旅路をたどろう。

昭和四十年二月某日午後十一時。東京オリンピックの興奮いまださめやらぬ冬である。

中学一年生の私は上野駅中央改札口の「翼の像」の前にズックのリュックサックを背負って立っている。

毎回くどいようだが、ものすごくかわいかった。同じ齢《とし》ごろの孫どもなど、はっきり言って比べものにならぬ。

初めてのスキーである。父親のいない家庭の事情を知る人があって、同好者の週末スキー行に私を誘ってくれたのだった。待ち合わせ場所には一時間も早く行って胸をときめかせていた。体が小さかったから、人混みにまぎれて見過ごされてしまうのではないかと、たいそう気を揉《も》んでいた。

当時の午後十一時は深夜と言える。その時刻の待ち合わせについては、多少の説明を要するであろう。

週休二日制など噂《うわさ》にものぼらぬ時代で、土曜日は会社も学校もいわゆる「半ドン」。活力に溢《あふ》れる高度経済成長まっただなかであるから、忙しい職場ではその半ドンすらもままならなかったのではあるまいか。さらには、祝祭日が少なかったので連休もめったになかった。

よって当時のスキー行といえば、土曜日の夜行列車で出発し、現地の民宿で一泊ならぬ「半泊」して、日曜日の夕方に帰るという強行軍が当たり前だったのである。むろん東海道以外の新幹線はないから、東北も上信越も在来線の長旅であった。

スキーバスの運行も始まっていたが、高速道路がないから時間を要する。ましてやリクライニングシートなしでは苦行であった。自家用車などは高嶺《たかね》の花である。

そうしたわけで、上越線の夜行準急はラッシュアワーの大混雑であった。座席を取るためには、午後一番でホームに並ばねばならぬ。車内では通路に立っていられるならまだしもマシで、吹きさらしのデッキもトイレも満員、どうかすると網棚の上で寝ている豪傑もいた。

昭和四十年。豊かさと貧しさが少しも均《なら》されぬまま雑居した、後にも先にもない時代の点景である。

赤羽と大宮で、スキー客はさらに詰め込まれた。関東平野は広い。最も便利な上越線沿線のスキー場でも、上野から四時間を要した。

高崎。沼田。後閑《ごかん》。水上《みなかみ》は雪の中だった。湯檜曾《ゆびそ》の先は清水トンネルで、途中に谷川岳登山口の土合《どあい》駅があった。

そして、国境の長いトンネルを抜けると雪国だった。車内に歓声が上がった。上越の国境を隔てれば、雪の厚みがまるでちがう。かの名作を読みおえていたのかどうか、初めて目にする雪国の風景に、いたく感動した。もしかしたら私は、あの一瞬の感動去りがたく、それからずっと旅を続けているのかもしれぬ。

越後中里。岩原スキー場前。越後湯沢。スキー客は駅ごとに下車して、めざす石打《いしうち》ではあらましからっぽになった。

地球全体が寒かったうえに除雪の技術も進歩していなかったのであろう、町なかの道路は二階の窓の高さであった。つまり道路から雪の階段を下りて、民宿の玄関を開ける。その民宿も今日のようには設備が整っておらず、まこと読んで字のごとく民家に宿泊するのである。むろん見知らぬ顔ばかりの相部屋で、男も女もコタツに足を入れて雑魚寝をした。

時代小説を書くにあたり、旅籠《はたご》の夜の場面などではきまってこの民宿体験が思い出される。空気は似通っていたと思う。

午前三時ごろ到着して仮眠。夜が明ければコタツから這《は》い出して朝食をふるまわれた。献立は定めて炊き立ての飯と味噌汁と漬物。実にうまかった。

こうして思い返せば、どうもあの時代のスキー行は、娯楽性を欠いていたようである。レクリエーションというよりも、ストイックでハングリーな、誰でも参加できるスポーツと考えられていたのではあるまいか。

腹を満たして、いざゲレンデへ。レンタルのスキー板はナラ材で、輸入材のヒッコリーと称する板は上等の部類であった。グラスファイバー製の高級品もそのころ登場したと思うが、すこぶる高価であった。

ナラのスキー板は重い。ストックは竹製で、転んだ拍子によく折れた。セーフティービンディング、すなわち転ぶと外れる安全装置は普及し始めていたが、貸スキーはいまだ固定式の締具であった。

スキー靴は革製だったから水がしみこんだ。むろんバックル式ではなく、紐《ひも》で締め上げるのである。見た目は登山靴なので、中には自宅から履いてくる人もあった。

念のため言っておくが、けっして話を盛ってはいない。スキーのみならず、五十数年の間に世の中はかくも進化したのである。

スキーリフト。これもだいぶ様子がちがった。当時の最新式は、プラスチックのシートの二人乗りであったが、昭和四十年のシーズンにはあったかどうか。

少なくとも初のスキー行では乗っていない。

木製の座席に背もたれと足置き。旧式のリフトはその背もたれも足置きもなく、乗ったとたんバーにしがみついた。しかもひどく揺れたし、風が吹けばたちまち止まった。長いリフトに乗って、運悪く谷の上で止まってしまおうものなら、それこそ生きた心地がしなかった。

かにかくに、昭和四十年に始まった私のスキー旅行は、人生の浮沈により多少の中断はあったものの、五十に近くなるまで続いた。さほど体力の衰えを感じたわけではなかったが、諸事多忙となり、万が一ケガをすればさぞ傍《はた》迷惑であろうと思って引退した。

いや、それはきれいごとかもしれぬ。新幹線やリゾートホテルや高速ゴンドラは純粋な娯楽を供与したが、進化が置き去りにした感動の大きさに気付いた。

上野駅の翼の像の前に佇《たたず》んで人を待ち、夜行列車の車窓から歓声を上げた記憶はあまりに鮮烈で、その旅を思い出すほどに、むしろ進歩ではなく断絶を感じたのである。

瘋癲と躺平

今回の表題について、まったく意味不明の読者はさぞ多かろうと思う。いやそれどころか、いったいどう読むのだ。

何やら面倒くさそうな話であるが、あんがい簡単だから飛ばさずに先を読んでほしい。

「瘋癲」は「ふうてん」である。字面からもわかる通り精神の病、あるいは患者をさす古い言葉である。谷崎潤一郎の晩年の傑作『瘋癲老人日記』を想起する読書子もあろう。ただし私もこのごろになってわかったのであるが、主人公の精神状態はちっとも異常ではない。

「瘋癲」の第二義は、「定職もなくブラブラしている人」である。寅さんには香具師《やし》という仕事があるので通称にしても適切ではないと思える。しかし「瘋癲の寅」では愛嬌もなしシャレにもならぬが、「フーテンの寅」と書けばたちまちあの顔がうかぶ。理屈などくそくらえのすばらしいネーミングである。

一方の「躺平」は中国語であり、「タンピン」と読む。日本語の「しょうへい」という言葉はあるまい。「躺」は体を長く横たえるさま、「平」は「たいらに」というより「ずっと」であろうから、ひたすらゴロゴロしている人の形容である。

つまり、表題の読み方の正解は「フーテンとタンピン」。私が若い時分、日本には「フーテン族」なる習俗が流行し、五十年後の中国には「タンピン族」が登場した。

仕事も勉強もしたくない。お金も名誉もいらない。恋愛にも結婚にも興味がない。べつだん何に反抗しているわけではなく、思想や哲学があるわけでもなく、ただ漫然と日々を送る無欲で無気力なライフスタイルのことである。

かつて新宿駅東口のロータリーに、通称「グリーンハウス」と呼ばれる小さな広場があった。芝生が植えてあったので、わが国の伝統的原則に従い「立入禁止」となっていたが、いつの間にか無欲で無気力な若者たちの溜まり場になった。むろんグリーンハウスは彼らがそう呼称したのである。

一九六九年の夏に、アメリカのカウンターカルチャーを象徴する「ウッドストック・フェスティバル」が開催された。この野外ロックコンサートは、同時にヒッピー文化の祭典となった。グリーンハウスにたむろするフーテン族は、さながらその小規模日本版と思えるのだが、ベトナム戦争に駆り出されるでもなく、宗教上の呪縛もなく、ただ戦後の高度経済成長とともに身丈も成長した日本人の若者たちの行動はてんで切実さを欠いていて、すなわち誰の目にも「フーテン」にしか見えなかった。

ウッドストック・フェスティバルの正しい名称は「Woodstock Music and Art Festival」で、つまり既存の保守主義を脱して新たな文化を創造しようというテーマを持っていた。ところが、当時の日本には乗り越えねばならぬ保守主義などすでになかったから、若者たちは反資本主義的な無欲と無気力が新たな文化である、と錯誤したらしい。つまり、駅頭の芝生で日がな一日ゴロゴロと過ごすことがカッコいい、と考えたのである。

十八歳の私は彼らを軽蔑していた。受験浪人中とはいえ自活していたから、親がかりで食うに困らぬやつらと決めつけて蔑《さげす》んでいた。いや、もしかしたら羨《うらや》んでいたのかもしれないが。

高度経済成長は意外にも、格差意識を大衆化し、国民に不公平感を抱かせた。

一昔前なら高等教育を受けること自体が贅沢であったのに、頑張れば手の届く社会になると他者の有利な立場を羨むようになった。そんな私の目には、新宿駅東口のグリーンハウスがフーテン族の溜まり場というより、食うために働く必要のない恵まれた若者たちのステージに見えたのだった。もっとも、そうした偏見は私の僻《ひが》みで、実は私とどこもちがわぬ境遇の彼らが、異なる表現をしていたのかとも思える。

フーテン族の奇妙な習俗はたちまち拡《ひろ》まった。ネットやSNSとは無縁の時代にも、情報は迅速に伝わって流行を形成したのである。

しかし、一年かそこいらで彼らはきれいさっぱりいなくなった。やはりカウンターカルチャーにはなりえなかった。今にして思えばあのウッドストックですら、わけのわからぬ高揚感のほかには何も遺《のこ》さなかったような気がするのだから、当然といえば当然であろう。

さて、そうした時代を実体験してきた私にとって、現今の中国で話題の「タンピン族」はまことわかりやすい。

急激な経済成長の結果、主として都市部の若者たちの意識に不公平感が生じたのである。そこで、努力しても仕方がないから、ひたすら寝そべってダラダラ暮らそうという気になるのだが、残念ながら彼らは駅頭の芝生に集合するわけにはいかない。家に引きこもるか、さもなくば少人数で人目につかぬ場所に寝ころぶのがせいぜいのところであろう。

そのスタイルでは自己表現ができない。表現ができないからＳＮＳで主張をする。しかし言葉で主張すること自体が「躺平」ではない、というジレンマに陥るのである。そのように想像すれば、フーテン族とタンピン族は似て非なるもの、動機と背景は同じでも実態がちがうと思える。

「９９６《ジウジウリウ》」という言葉があるらしい。午前九時から午後九時まで週六日働く、という意味である。なるほどフーテン族の時代の日本も、そうした労働環境が珍しくはなかった。また「００７《リンリンチー》」という言葉もあるが、いくら何でもそれでは奴隷以下であるからジョークであろう。

かつての日本では経済成長に伴う苛酷な労働が、「猛烈サラリーマン」という言葉で総括された。不平不満を言わずにみんなで頑張ることを美徳と考えた、いかにも全体主義的な造語である。だとすると、グリーンハウスに集まったフーテン族も、自由を謳歌《おうか》していると見えて実は日本的な全体主義を免れていなかったのかもしれない。

タンピン族の現実は遙《はる》かに厳しい。物価の高騰に収入が追いつかず、都市生活を全うしようとするなら「996」も覚悟しなければならない。しかもフーテン族のように、全体主義が擁護してくれるわけでもない。格差が固定化すると確信すれば、無欲で無気力なライフスタイルに徹するというのも、けだし当然であろう。

グリーンハウスのフーテン族を蔑みながらメトロプロムナードを抜けると、新宿駅西口の地下広場には反戦歌を合唱する群衆があった。それをやり過ごすと誰彼かまわず通行人を捉《つか》まえて議論を吹っかける若者たちがいた。

今とは比べようもないほど貧しい時代ではあったが、私たちはカウンターカルチャーの拠点を持っていた。学園闘争も労働争議も盛んだった。

世の中はずっと豊かになったはずなのに、人間から個性が失われ、画一化されたように思えるのはなぜであろう。どうかするとすべての若者たちが、フーテン族かタンピン族に見えるのである。

社会倫理は時代によって変わるが、少なくとも人間に多様性がなければ歴史は前に進まない。

短パン考

このところずっと、短パンをはき続けている。

いきなりかようなことを書くと、小説家の神秘性を損なうとも思うが、異常気象とコロナ禍のさなかに端然と着物を着て執筆しているはずはない。かれこれ半年以上も外出自粛が続き、来客も絶えてないとなれば、長ズボンさえ鬱陶《うっとう》しくなる。Tシャツにショートパンツでも一向に構わないのである。

いったんこういうファッション・ライフに入ってしまうと、なかなか元には戻れない。しかも都合のよいことに、これまでさほど出番のなかった短パンが、意外なくらいタンスの中に眠っていた。

そもそも小説家は、瑣末《さまつ》なことを深刻に考えるのである。そこで、「短パンとは何か」と考え始めたとたん、コロナも異常気象もどうでもよくなり、進行中の連載小説や締切の迫る書き下ろし長篇も手に付かなくなった。

短パンについての考察　その1

「私たちはいつから短パンをはくようになったか」

多少の地域差はあるかもしれぬが、少なくとも私が子供の時分の東京には、短パン姿の大人はいなかったと思う。小学生は半ズボン、中学生は長ズボンで、その変身だけでも何だか大人の仲間入りをしたような気分になったものである。また、大人にはホームウェアとしての短パンも存在せず、夏は七分丈のステテコであった。暑い盛りに上半身は裸でも、下半身が猿股《パンツ》や褌《ふんどし》という身なりはなく、誰もがステテコをはいていた。すなわち、大人用の短パンはあるにはあったろうが、足元が濡《ぬ》れたり汚れたりする一部の職業を除いては、ほとんど使用されていなかったと思われる。

おそらく昔の男は、みだりに膝《ひざ》小僧や毛脛《けずね》を晒《さら》すことを不作法としたのであろう。大人として扱われた中学生は体操着も丈の長い「トレパン」で、厚手の木綿がむやみに暑苦しかった。

短パンがファッションとして登場したのは、一九六〇年代なかばに「みゆき族」の青年たちがはいた、「バミューダショーツ」が嚆矢《こうし》であったと思う。膝丈のショートパンツである。

ただしこれは短パンとはいえ普段着ではなく、たとえばコットンのジャケットに細いタイを締め、ホワイトソックスにローファー、というスタイルが正統とされた。

高度経済成長期の若者たちには、おしゃれをする余裕が生まれ、なおかつその世代はアメリカ流の文化で育ったのである。その後、短パンは一気に市民権を得た。

短パンについての考察　その2

「アメリカ人はなぜ一年中短パンをはくのか」

短パンにTシャツといえば、アメリカ人である。四季の寒暖差が少ないロサンゼルスでは、一年を通じて男性の半数ぐらいが、その格好をしているような気がする。当然、ロスから国内線に乗り継ぐ際には、かなりの確率で隣の席にこの手合いが座る。しかも総じて巨漢である。運悪く両脇から挟まれると、護送される罪人のような気分になる。いや、あくまでイメージの話であるが。

だにしても、アメリカ人男性が短パンを偏愛しているのはたしかで、なぜか冬になっても金色の脛毛を晒してこれをはき、Tシャツの上からコートを着ている姿さえ珍しくはない。

たとえば、秋も深まるパリの観光客の中に、このふしぎなファッションの巨漢がいれば、アメリカからのツアーだなと知れる。

もしや彼らは、いくらか体温が高いのではあるまいか。一ポンドのステーキをランチにペロリと平らげるのだから、それくらいの体質の差はあってもよかろう。あるいは「チャレンジ」を美徳とする国民性から、本人はヤセ我慢し、周囲は賞讃を惜しまぬ、というのはどうだ。あくまでイメージに過ぎぬが。

しかしやはり正解は、今のわが身に照らせば明らかである。そう。冒頭で述べたように、いったんこういうファッション・ライフに入ってしまうと、なかなか元には戻れないのである。

短パンについての考察　その3

「どうして私はかくもたくさんの短パンを持っているのか」

コロナ禍と猛暑に見舞われるまでは、さほど短パンを常用していたわけではない。しかるに、なぜかタンスの一段にギッシリと詰まっていた。しかもありがたいことに、短パンはおおむねフリーサイズであるから、肥えた体にもやさしい。要するにこの思いがけぬ発見により、私のファッション・ライフは改まったのである。

もともと私には病的なお買物癖がある。女性ならともかく、ジジイにはさぞ珍しかろう。

病的とまで言う理由は、ほとんど迷わず吟味もせず、むろん価格などてんから頭になく、片ッ端から買っちまうからである。よって、買ったまま忘れている物など数知れぬ。

そこで、今さら大量の短パンを吟味してみたところ、その多くが斯界《しかい》の名門『トミーバハマ』製であると判明した。

これはどういうことかというと、かつてラスベガスの直営店で同社の短パンがたいそう格好よく、またはきごこちがよいと知り、以後毎年のように買い続けた結果である。

ちなみに、同社はその後日本にも進出したが、私は国内で買った記憶がない。

同じブランドでも海外と国内の店舗では品揃《ぞろ》えが微妙にちがうからである。ハワイやラスベガスの店では、当然のことながら一年を通じて高級な短パンを扱っている。その様子ときたらまるで、「短パン専門店」のごとくである。

たとえば、シルクコットンのオフホワイト、しかもハンドステッチなんていう短パンが、世界のどこにあろうものか。コーヒーを垂らせば一巻の終わりだ。しかしこれをはくのはよほどのショートパンツァーにちがいないと思えば、買わずにはおられまい。

というわけで、私のタンスの中には短パンが累積した。よもやコロナと熱暑のせいで日の目を見ようとは。

念のため言っておくが、同社は先ごろ日本からの撤退を表明した。まことと残念である。

考察の総括。

近年、人類はとみに合理性と安易さを指向するようになった。世界的な疫病の蔓延《まんえん》と異常気象とが、その傾向を決定付けたのもたしかである。しかしそれは、変容でこそあれ必ずしも進歩ではない。

コロナごえ

今回の表題については、多少の説明を要する。

「コロナ越え」ではなく、「コロナ肥え」である。タイトルにそう書いてしまったらあからさまなネタバレであるから、あえて「コロナごえ」とした。

要するに、「コロナ禍を克服しよう」というポジティブかつ希望的な話ではなく、「コロナで肥えた」というネガティブかつ頽廃《たいはい》的な話をしようと思う。

これでネタバレにはちがいないのだが、ここまで読めば多くの方は肯《うなず》いて、先に進んで下さるであろう。

さよう。肥えたのである。かれこれ一年以上も書斎にこもっており、しかもその状態がおのずと生産性を向上させるという仕事がら、自分自身は妙に納得し、周囲もけっして咎《とが》めはせぬ。いわゆる「食っちゃ寝、食っちゃ寝」ではないが、「食っちゃ書き、食っちゃ読み」でも結果は同じで、本年はめでたく古《こ》稀《き》を迎えるというのに、まこと年甲斐《としがい》もなく、自分史上最高体重を更新した。

いや、たぶん更新中である。

加齢とともに食が細くなると人は言う。嘘《うそ》だ。私の場合は加齢とともに食欲が増進し、とどまるところがない。

毎朝鏡の中に、知らないおじいさんが立っている。巨漢のハゲ。あんた、誰？

同業諸先輩方の古稀の肖像といえば、たいがいはゲッソリと痩《や》せて、豊かな白髪をたくわえておられる。例外的にハゲもデブもいないではないが、それなりに作家の神秘性をまとっている。だとすると、あんた、誰？

今にして思えば、こうした結果はわかりきっていた。少なくとも昨年夏の時点で予見しており、警戒もしていた。しかし、わかっていてもできないのが人間である。

それでも当初は賢明な老人を装って、毎朝六時二十五分からテレビ体操をし、散歩も欠かさなかった。だがやはり六十八だの九だのという年齢はハンパで、賢明な老人にはなりきれなかったのである。すると、わかりきった結果を見ぬためには食事制限しかないのであるが、ほかに何の楽しみもないうえ食欲増進に悩むおのれに、どうしてそんなことを命じられよう。

というわけで、このごろ毎朝鏡の中に、知らないおじいさんが立っているのである。

あんた、誰？

それでも作家は考える。いくら考えても仕方のない話を、考え抜き思いつめたところに小説は生まれる。

過食と運動不足。原因はそれだけか。働けば働くほど動かなくなるという奇妙な職業であるから、もっと苛酷な状況はこれまで幾度もあったはずだ。

たとえば近年では、長篇小説四本同時連載という局面があった。うち一本は新聞、三本が月刊誌である。そうした仕事を続けると身は細るかと思いきや、たっぷりと肥える。つまり、ゲッソリと痩せたいかにも作家らしい風貌の諸先輩方は、よく言えば寡作、悪く言うならあまり働かなかったのであろう。

ならばどうして、このコロナ禍においてあえて自分史上最高体重を更新しつつあるのか。過食と運動不足ばかりではない、何かほかの原因があるのではないか。

長考数日、結論を見た。

食事の内容である。数日間の献立を慎重に、かつ知らん顔で分析した結果、タンパク質の摂取量が減り、そのぶんデンプンが増加していると知った。つまり糖質過剰摂取によるカロリーオーバー。

では、なぜそうなったのか。お買物に出なくなったのである。

お達し通りに不要不急の外出を差し控えるとなれば、職業がら食料の買い出しのみが必要な用件となり、それも最小限にとどめるのなら、週に一度でも何とかなる。すると当然、生鮮食料品はせいぜい二日か三日、以降はタンパク質が減ってデンプンが増える。塩蔵品や発酵食品でタンパク質を補おうとすれば、これがまたごはんによく合う。

そしてこうした食生活に慣れてしまうと、べつだん肉や魚がなくとも不満は覚えぬ。むしろ粗食に耐えているような気がしてきて、いよいよ飯が進む。

早い話が、タンパク質は日持ちがしないが、デンプンは保存食品なのである。よって不要不急の外出を控えるためにお買物を最小限にすれば、タンパク質が減ってデンプンが増える。自明の理である。

さて、なるべく買物に出たくはない。冷凍の肉や魚もあらまし食いつくした。

さらには、いまだこうして万年筆と原稿用紙を用いている縄文人みたいな小説家が、ネットで食料を調達できようはずもない。

しかし、幸か不幸かそうした事態になっても、デンプンはたっぷりと保存されている。在庫品の「棚卸し」をしてみれば、いやァ、あるわあるわ。

インスタントラーメン数種にカップ麺。お中元やお歳暮で頂戴した名代のウドンやソーメン。かつてイタリアに旅するつど持ち帰り、そのまんま累積している大量のパスタ。実は生麺より乾麺のほうが好き。味が均一で信頼できるし、風味もあるから。

たぶんこの在庫品だけでも数カ月は食いつなげる。むろん多くは賞味期限を過ぎているが、私はへっちゃらである。いやはっきり言って、徳島の「半田手延べそうめん」や盛岡は「東家《あずまや》のわんこそば」のごとき乾麺の逸品は、賞味期限を切っているくらいのほうがうまいと思う。

そして、おコメ。保存食品の決定版である。新潟の「魚沼産コシヒカリ」、岩手の「銀河のしずく」、佐久浅科の「五郎兵衛米」。各五キロ。これで十分。

本稿でもしばしば書いているが、どうして世間はおコメを悪者のように言うのであろう。二千年もの間、われわれの命を支え続けてきたおコメが害悪だなどと、いったいどの口が言う。たとえ医学的にはそうであったとしても、しょせんおのれひとりの命ではないか。

かくしてデンプン中心の食生活に回帰してみると、ある法則に気付いた。タンパク質や野菜類でいかに腹を満たしても、やはり物足りぬ。デンプンのシメは欲しい。しかるに、デンプンで満腹になったあと、まさか肉が食いたいとは思わぬ。つまりおコメだろうがパンだろうがパスタだろうが、デンプンのみで完結するのである。これもまた、コロナ肥えの原因のひとつにちがいない。

思うに私たちは、あらゆる食物のうち最も合理的にカロリーを摂取できるデンプン、すなわち穀物について、その歴史と福音とをこの機会に学び直す必要があるのではなかろうか。

かつて疫病の流行は労働力を奪い、必ず飢饉《ききん》をもたらした。だからそれはひとからげに「飢疫《きえき》」と呼ばれた。病を免れた人も飢えて死んだのである。しかし私たちは疫病に襲われながらもなお、飽食の時代を生きている。肥えるのではなく、越えねばならぬ。

勘ちがい

過日、打ち合わせのため久しぶりに都内の出版社を訪ねた。

作家の仕事は原稿を書き上げて終わるわけではない。刊行までには校正作業が幾度もくり返される。初出誌発表時、単行本刊行時、さらに数年を経て文庫化と、そのつど舐めるようにゲラを読みこんで決定稿をめざす。古来、書物の刊行を「上梓《じょうし》」という。まさしく梓《あずさ》の版木に文字を刻むような作業である。

その校正ゲラが、あろうことか五巻分もほぼ同時に上がってきた。およそ四半世紀にわたって書き続けている『蒼穹《そうきゅう》の昴《すばる》』の最新刊『兵諫《へいかん》』の単行本一巻と、『天子蒙塵《てんしもうじん》』全四巻の文庫本である。

すなわち、巷間噂《うわさ》される「浅田次郎ヒマ説」「ついに枯渇説」「すでに死亡説」等はことごとくデマであり、そうと見せかけて実はゲラと格闘中なのであった。

つごう十五巻に及ぶ長篇小説ともなると、編集者のみなさんとの打ち合わせもなまなかではない。歴代の担当者の意見も必要であるから、まさしく「みなさん」であり、拙宅に集合していただくのは不可能かつ密、よって著者が出版社を訪ねて会議を開いていただく、という話になった。

会議室は二十六階建て本社屋の最上階、近辺には高層ビルがないのでまこと見晴らしがよい。

しばしばお邪魔しているので勝手はわかっている。正方形のフロアの中央にエレベーターホールがあり、レセプションルームをはじめ大小の接客室がぐるりを繞《めぐ》るという、とてもわかりやすい構造であった。

しかし、この「勝手はわかっている」もしくは「わかりやすい構造」が、とんだ勘ちがいを招こうとは思ってもいなかった。

会議は長時間に及んだ。

そもそも著者本人が偏執的な性格である。常日ごろから洗車の仕上げには綿棒を用いる。また、そうした作家の担当編集者も、年齢性別を問わず似たものである。よってゲラ校正は意見百出して、とどまるところがなかった。

二時間も経《た》ったころ、水入りで中座した。トイレは正方形のフロアの反対側で、むろん勝手はわかっているし、構造はまことわかりやすかった。

小説家の頭はいつも妄想で膨らんでいる。しかし、だからと言って思慮深いわけではない。しかもそのときは、編集者から提起された改稿点について、ものすごく悩んでいた。

悩みつつ用を足し、ねんごろに手洗いをする間もずっと考え続けていた。そして廊下に出ると、すぐ左手の突き当たりに同じデザインのドアがあった。考えごとをしながら遠回りをしてトイレに行ったのだと思いこんだ私は、毫《ごう》も疑わずに会議室のドアを開け、「なーんだ、こっちから来れば近かったじゃねーか」とか言った。そればかりか、あたりを被《おお》う異様な空気にも気付かず窓辺まで歩いて、「やっぱ、そりゃダメだ。まんまのほうがいい」などと言った。

おや、どうして東京スカイツリーが見えないのだ、と思った。怪しいことには、スカイツリーが立っていた場所に東京タワーがあった。

もともと私は妄想のうちに、スカイツリーの存在そのものを疑っているのである。もしやあれは最先端のCG技術による共同幻想で、実在しない名所なのではないか、と。

いやしかし――おそるおそる振り返れば、会議中の卓を囲む見知らぬ人々が、唖然《あぜん》として私を見つめていた。一瞬、「お呼びでない、コリャまた失礼いたしました」という昭和のギャグが頭をかすめたが、すんでのところで呑み下し非礼を詫《わ》びた。

やはりスカイツリーは実在すると思った。


いわゆる勘ちがいである。この一件を端緒に「浅田ボケ説」が流布されても困る。思えば昔から、この種の勘ちがいはしばしばあった。原因は江戸前のせっかち、無思慮と妄想癖、加うるに懐疑心の欠如というところであろうか。

たとえば、新宿の安アパートに住んでいた若い時分、こんなことがあった。隣室の住人は二の腕までみっしりと彫物の入った渡世人で、言葉をかわしたことはないが夜更けまで騒いでいると、ときどき壁を蹴られた。

二階建ての通路に五つか六つのドアが並ぶ木造アパートである。新宿の盛り場に近いので、夜ごと悪友たちの塒《ねぐら》になった。たぶんその前夜も、隣人に壁を蹴られたのをしおに寝たと思う。

さてその翌朝、先に出支度を斉《ととの》えてアパートの前で待っていたのだが、自慢のリーゼントが決まらぬとみえて、友人がなかなか出てこない。業を煮やした私は、「ったく、グズグズしてるんじゃねーよ、バカ」などと言いながら階段を駆け上がった。

友人がのちに語ったところでは、台所の曇りガラスの向こうを私の影が何やら大声で罵《ののし》りながら通り過ぎたとき、ドライヤーを使う手が凍りついたそうである。そう。勝手はわかっている。しかも構造はわかりやすい。これが勘ちがいのもと。せっかちで無思慮な私は、てめえの部屋を通り過ぎて隣室のドアを連打し、のみならず「ナニ鍵なんかかけてんだよ。さっさと出てこい、バカヤロー」などと叫んだのであった。

隣人は朝っぱらから殴りこみでもあるまい、と思ったのかどうか、しかしさすがはプロである。錠の解かれたドアを引き開けると、彫物みっしりの片肌脱いだ渡世人が、包丁を握って立っていた。

記憶はそこで途切れる。いったいどのような言い訳をしたのか、どう詫びたのかも覚えてはいない。

そのアパートに住んでいたのは、自衛隊を除隊して所帯を持つまでの間であるから、二十一歳ないし二十二歳であったと推定できる。すなわち「浅田ボケ説」を否定しうる出来事である。

そうこう考えれば、私の人生は年齢とかかわりなく、夥《おびただ》しい勘ちがいで埋めつくされているような気がしてきた。

たとえば会食の折など、中座したあとかなりの確率で個室をまちがえる。同じ扉が並んでいる高級中華料理店などでは、店員がエスコートしてくれない限り、ほとんど五分五分である。ということは、中座すること自体がギャンブルと言える。

ああ、いかん。心の傷があれこれ甦《よみがえ》ってきた。旅先の温泉宿で入替制の男湯と女湯をまちがえるなんて朝飯前、悲鳴が耳に残る。

しかし、それらの勘ちがいはむしろ若い時分で、近ごろでは多年にわたる学習の成果も上がっていると思っていた。だからこそ出版社の会議室をまちがえたあの日の勘ちがいは痛打なのである。

いや、まちがい勘ちがいは誰にだってある。その分だけいつも小説について考えているのだと思えば、まちがい勘ちがいもけっこうではないか。

ではこれより、気合を入れてゲラ校正にかかる。

一行片言疎《そ》にする勿《なか》れ。


〈編集部注〉東京スカイツリーは東武鉄道株式会社、東武タワースカイツリー株式会社の登録商標です。

事件の顚末

過日、わが家で事件が発生した。

警察沙汰である。筆の進まぬ小説家によるドメスティック・バイオレンス。そんなわけはない。コロナ性拘禁ノイローゼによる血みどろの夫婦喧嘩。ありえぬ。

しかし多少の恐怖は覚えたものの人的物的被害はなかったから、正しくは「未遂事件」と呼ぶべきであろう。要するに110番通報するほどの事件ではなかったのかもしれぬが、現況の高齢化社会においては多くの読者にとっても他人事《ひとごと》ではあるまいと考え、書いておくことにした。むろん、今回の記述についてはけっして話を盛ってはいないので、ご同輩諸兄ならびに奥様、また別世帯にお住まいのお子様やご親類の方々も参考になさっていただきたい。

さて、ころは二〇二一年九月、いまだ新型コロナウイルスが猖獗《しょうけつ》をきわめていた残暑の出来事である。

シロアリ駆除の大手業者を名乗る「ワタナベ」という人物から電話が入った。家屋の無料点検に伺いたい、と言う。

まこと古典的な詐欺話である。床下に潜りこんであらかじめ用意しておいたシロアリを見せ、駆除と称して法外な料金をふんだくる。甘い。小説家は想像力に富み、浮世ばなれしているようでいてあんがい世事にも明るいのである。

しかし、私にはその話をいささかも疑わぬわけがあった。十年ほど前に増築した書屋がシロアリの被害に遭い、大がかりな駆除作業をしたのちも一年に一度の「無料点検」を続けていただいている。しかもその施工業者が、ワタナベの騙《かた》った大手消毒会社なのである。つまり私はそうした経緯により、ズッポリと罠《わな》に嵌《は》まった。「やあ、いつもお手数をおかけします、よろしくね」なんて。きっと電話の向こうでワタナベとその一味は、ガッツポーズを決めたであろう。

日時の打ち合わせをした。のちになって思えばワタナベの口調はぎこちなかったのだが、営業マンではなし、シロアリ駆除の技術職だと思えば特段の疑念は覚えなかった。

数日後の夕刻、指定の時刻にワタナベから電話があり、「近くの家で作業が押しているので少し遅れます」と。

かまわぬ。なにしろ私はかれこれ一年半も家から出ていないのだ。

しかし、実はこのやりとりが詐欺のテクニックの要点であった。つまりワタナベは、みずからインターホンのボタンを押して、モニターに録画が残ることを避けたのである。そしてどこかしら拙宅が見える場所に身を隠し、およそ一時間後に宅配便の車が停まったとたん、配達員に続いて門から入ってきた。まるで影のように。

配達のドライバーはかねてより顔見知りのベテランである。一瞬、彼が助手か研修中の見習いドライバーを連れてきたのだと思った。しかし荷物の受け渡しをおえて宅配便の車が去ったあとも、影はわが家の玄関先に取り残されていた。そこで私は、その男がたまたま宅配便と一緒になった「シロアリ駆除業者のワタナベ」だと気付いたのである。

それにしてはどうにも身なりが悪かった。毎年やってくる点検員は作業服を着てネームプレートも付けている。いくら何でも汗みずくのポロシャツにスウェットパンツはなかろう。しかも例年は必ず二人一組の点検作業である。

開口一番、ワタナベは妙な質問をした。

「表札が三つ出てますけど、三世帯ですか」

え？　意味がわからん。どうしておまえに表札の説明をしなけりゃならんのだ。

ここにおいて私はようやく怪しんだ。ちなみに三枚の表札の由来は、本名、ペンネーム、亡くなった義母の姓、である。

高齢者世帯に狙いを定めていたワタナベは、三枚の表札に面食らったらしかった。

次いでワタナベは玄関に踏み入り、あたりを見回した。いかにも人の気配や履物の種類を窺《うかが》っているふうがあった。

時節柄おたがいマスクをかけていたので表情はわからない。だがワタナベは全身から悪人オーラを発しており、私の目からは疑惑光線が射出されていたと思う。

「君、名刺は？」

「あ、すいません。車の中です」

「営業所はどちら？」

「世田谷のほう」

ほうとは何だほうとは。たしか毎年やってくるのは埼玉の営業所だったはずだ。

とたんに私の疑惑光線はマックスに達し、ワタナベは「何か手ちがいがあったかもしれないので、会社に連絡してきます」とか言ってそそくさと立ち去ってしまった。

追いかけるほど若くはない。そこで戸締りを検《あらた》めて110番。若いおまわりさんが男女各一名、たちまちパトカーで飛んできた。

以上の状況をけっして盛らずに説明した。ついでに大人げないと思いつつ、かつて所轄警察署の一日署長をやりましてね、などと言った。若い男女のおまわりさんは、私がおもむろにマスクをはずしてもキョトンとしていた。

はっきり言って、事件以上の衝撃であった。若いおまわりさんは私の顔も名前も、とんとご存じなかったのである。なにしろ私が一日署長を務めたのは十数年前の話であり、たぶん二人は小学生だった。「ジャネの法則」によれば、ジジイにとってはつい先日でも、若者にとっては遙《はる》か昔なのである。

いや、理屈はさておくとして、ほんとに知らないの、あなたたち。

ところで――警察のすばやい対応もさることながら、本件についてはまこと感心しきりのことがあった。

心も落ちついた夕刻、もしやと思って宅配便の営業所に連絡をした。するとただちに担当区域のドライバーから電話が折り返され、以下の情報がもたらされたのである。

浅田家への配達時に、見るからに怪しい男がついてきたのは知っていた。おかしいなと思いつつ車を出すと、角を曲がったところにグレーの小型車と白の軽自動車が停まっていた。路上に二人の男がおり、何やらひそひそ話をかわしていた。

翌日、ドライブレコーダーを所轄署に届けて下さったのだが、残念なことにはナンバープレートの識別はできなかったとの由。しかし重要な情報だったと警察からも連絡をいただいた。

コロナ禍において私たちの生活を支えて下さっている宅配便が、同時に地域の治安を担っているとは知らなかった。何でもドライバーはみなさん、そうした研修をおえているそうである。だからワタナベを不審に思い、一味らしき車にも着目していた。

それにしても、ワタナベはいわゆるシロアリ詐欺だったのであろうか。ならば作業服ぐらいは用意していなければ嘘《うそ》である。すると、怖いことにシロアリ駆除を偽装した、空巣か強盗の下見ではなかったか、などとも思えてくる。高齢者世帯を狙っていたからこそ、三枚の表札を気にした、というのはどうであろうか。

コロナ禍における犯罪は、いわゆる火事場泥棒である。また、老人を標的にした犯罪など、世界中のどこにもめったにはあるまい。すなわち、人倫に悖《もと》る。

皆様、くれぐれもご用心のほどを。

サウナの考察

何を今さらと思うが、サウナがブームであるらしい。

あえて「らしい」と書くのは、おのれと無縁だからではない。去ること十数年前、心臓を病んでドクターストップがかかり、サウナ界から引退したのである。いわゆる「血液サラサラ」の薬を服《の》んでいるのに、汗を絞ってどうする、というわけだ。医者に言われるまでもなく、あったりまえの話であった。

今日のブームでは、サウナ愛好者を「サウナー」と呼ぶらしい。

ちゃんちゃらおかしい。かつての私は「サウニスト」であった。全然ちがう。「ランナー」と「アスリート」ぐらいちがう。わかりやすく言うなら「writer」と「novelist」ぐらいちがう。もっとわかりやすく言うと、「信者」と「求道者」ぐらいちがう。

全盛期には年間三百日をサウナに通い、十分間ワンセットをつごう五セットこなしていた。サウナの鬼。もしくはサウナバカ。しかるに、無目的な自虐的行為は、何だってクセになるのである。

ブームに水をさすつもりはないが、私の血縁に心臓病はない。サウニストもいない。だとすると、病を苦行の結果であるとするのも、あながち穿《うが》った考えではあるまい。


さて、今から半世紀ほど前、高校二年生か三年生のころである。世慣れた友人に誘われて新宿のサウナに行った。スチーム式はともかくとして、ドライサウナがいまだ一般に知られていないころであったと思う。

記憶は鮮明である。のちのち長い付き合いになる人物との出会いの場面がそうであるように。だからサウナの記憶は鮮明でも、友人の顔は忘れてしまった。

入浴料は二千円であった。一九六〇年代の話であるから、この代金は法外に高い。今日の貨幣価値に換算すれば四倍か五倍であろう。街なかのサウナに一万円の入浴料を払うなど考えられぬ。

まして怪しいことに、世慣れた友人も私も高校生の分際でその代金を支払った。アルバイトの給料日だったのであろうか。金銭感覚に長じた現代の若者たちに比べれば、私たちの金の遣い方は無思慮無計画であった。

二千円の入浴料は高い。しかしさすがに高級感があった。草創期のサウナというのはどこもそうした雰囲気で、つまり都会人が希求する優雅な時間を、高い値段で売っていたのである。

サウナルームは狭くて暗く、熱源のストーブは石を盛った伝統のフィンランド式であった。室内にテレビが設置されたり、遠赤外線の低温ストーブが登場するのは後年である。

フィンランド式の室内温度は摂氏九十度以上、遠赤外線式より二十度も高い。人の出入りがなければたちまち百度を超えた。

摂氏百度といえば水の沸点である。どうしてヤケドをしないのかふしぎでならなかった。百度を超えれば皮膚感覚は熱いというより痛く、濡れタオルで口を塞《ふさ》いでいなければ咽《のど》が灼《や》けた。

第一印象は「地獄」。こうした苦行が体にいいはずもなし、まして高い金を払ったうえになぜつらい思いをしなければならぬ。すると雛壇《ひなだん》の上の席で無念無想の汗を流す客が、まさしく苦行僧に見えてきた。

私のサウナ人生における第一セットは、せいぜい二分かそこいらであったと思う。そして、作法に順《したが》うのであれば、ただちに摂氏二十度の冷水浴。

ちょっと待ってくれ。こういうことをすると、心臓マヒを起こすんじゃねえの。

少なくとも私たち世代は、そうした全体主義的教育を受けてきたのである。プールに入る前には十分な準備体操をせよ、と。ために今でもワイキキビーチで前屈後屈運動や、膝《ひざ》裏をせっせと伸ばしているのは、日本人のジジイときまっている。

しかし、すこぶる順応性の高い性格の私は、その日のうちにサウナを理解した。サウナルームのほの暗い壁に掲げられていた文言のごとく、「森の中を数マイルも駆け抜けてきたような気分」を獲得したのであった。

その後ほどなくして、サウナは隆盛期を迎えた。

わけても独自の発展をしたのは名古屋である。どうしてそんなことを知っているのかというと、サウナ道をきわめるためにしばしば諸国行脚の旅に出ていたからである。

一九七〇年代初頭、名古屋市内には「ビルごとサウナ」という巨大施設が競い合っていた。温度もデザインも異なるサウナルームが数室、男女別のプール、いくつものレストラン、仮眠室、シアター。しかもそれら設備の大きさと充実度は、今日の健康ランドを遙《はる》かに上回っており、たとえば市内に勤務する会社員の私生活がサウナで完結できたほどであった。現実に私も何不自由なく数日をサウナで過ごし、その間にサウナで暮らしている会社員と知り合った。

そもそも名古屋は独立不羈《ふき》の地であり、西にも東にもない独自の文化を生成する伝統を持つ。だからあのパラダイスめいた巨大サウナも、東京や大阪には伝播《でんぱ》しなかった。おそらく地価や気性の問題ではなく、いわば名古屋的ダイナミズムを、東京も大阪も真似ができなかったのであろう。

余談ではあるが、幕末期における全国諸大名家の出自をたどれば、およそ半数が現在の愛知県に行き着く。「お殿様」の二人に一人はルーツが愛知なのである。信長、秀吉、家康の三者が愛知生まれなので、その同族や家来衆が大名として全国に散らばった。

先に述べた「名古屋的ダイナミズム」の根源は、そのあたりにあるのではなかろうか。東京が武士の町、大阪が商人の町であるなら、名古屋はおよそ基準を異にする、「お殿様の町」なのである。

むろん、それからのサウナの変遷はことごとく知っている。

何よりも意外であったのは大衆化である。デビューのときに「優雅な時間」を購《あがな》ったと信じた私にとって、サウナはポピュラリゼーションとは無縁でなければならなかった。

しかし、一九六〇年代の入浴料二千円が、きょうびの健康ランドでは半額以下となった。都心の一等地であっても、五十年前とさほど料金は変わるまい。

こうした大衆化を進歩とするか、はたまた退行と見るかが、つまるところ「サウナー」と「サウニスト」のちがいであろう。

サウナについて書けばきりがないので、以下は続篇に譲るが、流汗淋漓《りんり》五十有余年のまちがいない結論をお伝えしておく。

その一、ダイエット効果はない。水分を絞るだけ。

その二、美肌効果はある。しかもかなり顕著に。顔見知りのサウニストは、みなさんピッカピカ。

その三、想像と思索の空間である。不肖儀、小説の半分くらいはサウナルームで考えた。

続・サウナの考察

ひとつのテーマの「続篇」を書くのは久しぶりである。

伝染病を懼《おそ》れて閑居すること二年余、しかしネタに困《こう》じたわけではない。続篇を書かねば気がすまぬほどサウナは奥深く、なおかつ命惜しさに斯界《しかい》を引退した身には、苦痛と快楽が混然として合一するあの密室が、懐かしくてならぬのである。

さよう。このごろの俄《にわか》サウナーは「ととのう」などとほざくが、サウニストにとってのそれは体調のみにとどまらず、苦楽がおのずから同義となる無我の境地をさす。

さて前回は、かつて私が体験した半世紀前のサウナ事情について書いた。そして「流汗淋漓《りんり》五十有余年のまちがいない結論」として三項目を掲げたのであるが、のちに読み返したところ、いくら何でもアッサリし過ぎている、と反省した。サウナが一大ブームとなっている昨今、これではまるで後進を見下すジジイの叱言《こごと》ではないか。そこで改めて三項目の結論を提示し、付言させていただくことにした。

① ダイエット効果はない。

ない。皆無と言ってもよい。五十余年もサウナに通い詰め、その間に五十キログラムの痩身《そうしん》が七十五キロまで躍進した私が言うのである。むろんそれは、加齢とか横着とか職業的宿命とか原因は多々あるのだろうが、少なくとも五十余年の間にサウナで恒常的減量に成功したためしはない。

ただし、瞬間的減量はできる。すでに汗腺が拡張されている一流サウニストならば、数セットのチャージで二キロや三キロは落とせるであろう。しかし水分を絞っただけであるから、計量後に水を飲めばたちまち元に戻る。

プロボクサーや競馬のジョッキーなど、体重制限のあるアスリートにとって、サウナは欠くべからざる設備であると聞く。つまり計量をパスするだけの瞬間的減量には効果があるということである。

ちなみに、「ダイエット」はもともと「減量」の意味ではなく「減食」をさす。よって「ダイエット効果」＝「減食と同じ効果」と解するのが正しい。

② 美肌効果はある。

ある。これはまちがいなくある。サウナルームで唸《うな》っているジジイたちの肌は、どいつもこいつも年甲斐《としがい》がないくらいピッカピカだ。

かつて何万回読んだかわからぬ壁面の効能書きによれば、「発汗とともに体内に蓄積した余剰塩分や糖分、皮膚下の老廃物等を排出する」。その結果、血圧や血糖値が下がるかどうかは知らぬが、老廃物の排出によりジジイの肌がピッカピカになるのはたしかである。

しかし残念なことに、ジジイはこの事実を女性に伝えるわけにはゆかぬ。美肌効果が必要なのはけっしてジジイではなく女性なのであるが、きょうびそんな話は口に出したとたんセクハラを問われる。だからせめて、機上の女性読者にだけこっそりと伝えておく。エステも化粧品も要らない。サ、ウ、ナ。

アスリートの肌が男女を問わずピッカピカなのは、汗をかき続けているからである。ただしほとんどのスポーツには紫外線というお肌の天敵がいる。太陽光に触れずに肌をさらして大汗をかくといったら、まずサウニストか力士くらいのものであろう。なるほど、お相撲さんの肌もみんなピッカピカ。

ただし美肌効果の代償として汗腺が開いてしまうから、いわゆる「汗っかき」にはなる。ジジイにとってはどうでもよい話だが、女性にはあんがい重大な問題かもしれぬ。

③　想像と思索の空間である。

草創期のサウナは狭くて暗かった。たとえば温泉旅館の大浴場に設けられている、小さなサウナルームを想像して下さればよい。せいぜい三畳間か四畳半程度、そこに石を盛ったストーブが燃えさかって、室温を摂氏九十度以上に保っていたのであるから、水をかけて蒸気を発生させ、さらにタオルであおって空気をかきまぜる「ロウリュ」のサービスなどありえなかった。

アナログのテレビが設置されたのは後年、サウナがいくらか大衆化されてからである。本や新聞の持ち込みは、禁忌とされるまでもなく危険だと肌でわかっていた。すなわち、暗くて狭いサウナルームは、醇乎《じゅんこ》たる想像と思索の空間だったのである。そう思えば室内にテレビが出現したのは、進化というよりもサウナの本質を変容させる革命であった。

ならば音楽はどうであったかと記憶をたどれば、これはかなり早い時期に導入されていたと思う。しかし思索をさまたげぬ音楽と、さまたげぬどころかサウナに適さぬ音楽があって、あれこれ悩まされたことを覚えている。

サウナルームにふさわしい選曲というのは、耳にやさしい女性ジャズボーカルで、あるいは古い趣味だがパーシー・フェイスやマントヴァーニなどのビッグバンドも、さわやかさがサウナに適していた。その逆はあんがいのことにクラシックで、曲目にかかわらず発汗を強いるような押しつけがましさを感じたものである。むろん演歌は言うに及ばず。一緒に唸ってどうする。

しかし、今は懐かし有線放送の全盛期には、好むと好まざるとにかかわらず、灼熱《しゃくねつ》のサウナルームには同じチャンネルのメロディーが流れ続けていたのである。

テレビの設置はサウナの精神性を奪った。ゆえに進化ではなく革命なのである。

こうした現象はことサウナに限らず、この五十年来の私たちの生活に満ち満ちていると思われる。時の流れの中で、私たちはあらゆる変化を進歩であると考えがちだが、実は本質を覆す革命であったり、あるいは生物的・社会的な退行であったりする。そしてすでに文学も哲学も喪失し、大切な時間の多くを掌中の匣《はこ》に乗っ取られた私たちは、そうした錯誤に気付くこともない。

かくして、サウナルームが想像と思索の空間であった時代は終わりを告げ、サウニストたちはテレビ画面を時の縁《よすが》とするサウナーに堕落した。

こうなると、かつて有線放送の曲目にあれこれ悩んだと同様、テレビ番組にも適不適があると気付く。

当然のことながら、ドラマは不適番組の代表である。スポーツ中継は男子の本懐であるけれど、ただでさえ目の離せぬサッカーはつらい。そしてふしぎなことには、耐えに耐えてたまらず水風呂に浸《つ》かっている間に、ゴールは決まるのである。

野球中継はサッカーほど不適ではないが、攻守交代《チェンジ》の際にサウナーたちもそっくりチェンジして水風呂に向かうという欠点を持つ。それぞれの肉体と精神が定める神聖な時間が、テレビに支配されてしまうという意味では最も不適とも思える。

相撲中継は適である。一番がせいぜい数十秒、一分かかれば大相撲であるから、おのおの随意の仕切り時間に水風呂へと向かえばよい。まして力士も我もピッカピカの玉の肌で、何となく同じ土俵に立つような近しさを感ずる。

いかん。サウナを語って枚数オーバー。以下は「続々篇」に持ち越す。さもなくば、いっそブームにあやかってサウナ小説でも書くか。

靴を履いた猿

春もいまだし、去る二月末の出来事である。

久しぶりに愛馬が出走するので、コロナ禍中にもかかわらず中山競馬場に向かった。

私の外出も久しぶりであった。呑気《のんき》そうに見えてあんがいビビリなせいもあり、いや何よりも小説家は在宅勤務が当然であるから、感染の危険を冒してまで外出する用事などなかったのである。

わが家から中山競馬場は遠い。府中市の東京競馬場近くに家を建てたら、千葉県船橋市の中山競馬場が遠くなってしまった。そして皮肉なことに、歴代の持ち馬はなぜか東京よりも中山コースを得意とするのである。

たいていは車で往還する。運転は好きだ。しかしこの日に限ってはさすがに運動不足を自覚しており、久しぶりの出走という高揚感も相俟《あいま》って、電車で向かうことにした。

おかげでコロナに感染してしまった、などという話ではないからご安心。しかるに、ここまでの前置きは何となく、ただならぬ凶事を予感させるであろう。さよう。凶事というものは想像しえぬかたちで訪れるものなのである。うきうきと電車を乗り継ぎ、マスクで面が割れぬのを幸い車内では競馬新聞を拡《ひろ》げ、乗換駅では立ち食いソバをかきこみなどして、最寄りの西船橋駅からタクシーに乗った。そこまではおよそこの二年間で、最も幸福な朝であったと言える。

中山競馬場の正門前でタクシーを降りたとたん、靴の裏がはがれた。しかも左右同時である。やがていくらも歩かぬうちに、「はがれた」ソールが「はずれた」のであった。それはまるで、ひそかに私のあとをつけてきた悪魔が黒い手を差しのべてベリッと引きはがしたようなみごとさであった。

競走馬はレース中に蹄鉄《ていてつ》がはずれても走り続ける。しかし人間は、真冬の競馬場のコンクリートの上を歩むことはできぬ。はずれた二枚の靴裏を胸に抱いて、私は立ちすくんだ。進退きわまるとは、実にこれであろうと思った。

さて、かつて本稿でも告白したように、私には病的なお買物癖がある。靴もまたその例に洩《も》れず、本棚みたいな収納庫を眺めるたびに、俺は人間ではなくムカデなのではないかと空想してゾッとする。ムカデは嫌いだ。

夥《おびただ》しいコレクションのほとんどはよそ行きの革靴である。もともと散歩や運動の習慣がなく、外出時はスーツか着物と決まっているので、ムカデは黒か茶の革靴ばかり買うのである。

しかし、私はたとえ正体がムカデであっても見た目は二足歩行の人間であるから、靴は増えれば増えるほどそれぞれの出番が減る。まして毎日出勤するわけではなく、会食や講演やサイン会といった本業に付随せる行事の折に、スーツを着用し革靴を履くのである。

むろん、それらの行事がすべて消えたこの二年余、革靴はまったく出番がなくなった。履く機会がなければ手入れもおろそかになる。つまり靴底パッカンの悲劇はけっして不運ではなく、ましてや悪魔のしわざでもなく、コロナ禍とお買物癖と、馬主席の服装規定によってもたらされた必然なのであった。

舞台を中山競馬場に戻そう。

しばらく立ちすくんだのち、以上のような必然を悟った私は、気を取り直して馬主席へと向かった。ふと顧みれば、私の歩んだあとにはああいやだ、ムカデの這《は》ったように黒いウレタンの屑《くず》がちりばめられているのであった。そして、外見は靴を履いているが、実は靴下一枚で歩いているのである。

ありがたいことに、ゴンドラ階の馬主フロアには絨毯《じゅうたん》が敷きつめられている。心の底から、足の底から、ありがたいと思った。

問題は、この状況下で一日をどう過ごすかである。あろうことか愛馬の出走は十六時二十分の最終レースであった。タイトロープウィン号。綱渡りの勝利。名前が悪かったか。

外見は何ごともないのであるから、知らんぷりで一日を過ごす手はある。しかし私は信条として隠蔽ができぬ。それができるくらいならとっくにヅラをかぶっている。なおかつ隠しおおせぬであろうことには、私の歩んだあとにいったいいつまで続くやら、ウレタンの屑が散らかるのであった。

件《くだん》の革靴は高級ブランド品である。よってまさか底が抜けるとは思いもしなかったのであるが、どうやら高級な分だけ素材が詰まっているらしく、分解したのちの残骸は果てしなかった。

こっそり馬主会の職員に相談したところ、強力接着剤を調達してきて下さった。子供の時分から作文と図画工作だけは得意であった私は、これで万事解決と思った。

原稿の締切ならば何本重なったってへっちゃらである。しかし、馬券の締切と靴裏の接着作業が重なるという局面は至難であった。やむなく裸足で馬券を買いに行けば、人々はみなギョッと目を剝《む》いた。いちいち説明する時間はない。説明なくして事情を察する人のいるはずもない。ということは、誰の目にも奇行の小説家、もしくはついにあいつも呆《ほう》けたかと思われたにちがいなかった。

忍従と努力にもかかわらず、接着剤は無効であった。

ところで、靴底パッカンの悲劇は初めての体験ではない。これが三度目。いやはや長生きはするものだ。

初体験は八方尾根のゲレンデで、何シーズンぶりかで履いたスキー靴の底がスッポリ抜けた。それも滑走中であったからひとたまりもなく転倒し、下りのリフトで山麓まで下りた。

二度目は東京駅の八重洲地下街を通行中、革靴の底がベロリと剝けた。しかし驚くことに、その場所が実にたまたま、靴の修理や合鍵の作製をする店の前であった。むしろ驚いたのはベロリの瞬間を目撃した店員であり、私は驚くよりも幸運を感じたものであった。

で、これが三度目。何だっていいふうにしか考えぬ性格の私は、最終レースが近付くに従い、タイトロープウィン号が勝つのではないかと思い始めた。そう、禍福はあざなえる縄のごとしである。

締切直前のオッズは十六頭中の十五番人気で、これはおいしい。なにしろ私は丸一日、外見は靴を履いているが実は靴下で歩いていた。寒風吹きすさぶパドックにも、トイレにだってそのまま通っていたのである。そうした忍従と努力の報われぬはずはなかった。

かくなる次第で、タイトロープウィン号が直線グイッと伸びたときにはマナー違反の大声を出したのであるが、結果は及ばずに六着。だにしても立派なものであった。

思うところあって、その日は靴を買わずに帰宅した。マスクをはずしてはならぬが、靴底がはずれていても感染のおそれはあるまい。いや、靴を履いて歩く動物は、人間だけなのである。

続・靴を履いた猿

前回の続篇につき、梗概《こうがい》を記しておく。

月刊誌の連載エッセイに「つづき」などずいぶん不親切な話だとは思うが、過去の本稿中「続・〇〇」にハズレはない。

では、前回のあらすじ。コロナ禍のせいで革靴を履かなくなり、たまに履いて競馬場に行ったら両足のソールがパカッとはずれて往生した、という話。

何だたったそれだけか、と思いもするが、要するに「たったそれだけ」の話を盛りに盛って物語とするのが小説家の仕事なのである。

自慢じゃないが、自慢できるくらい靴をたくさん持っている。俺はムカデかと思う。自衛隊仕込みの手入れをまじめにやろうものなら、一週間や十日はかかる。偏執的な靴磨きの結果、連載原稿が落ちそうになったこともある。家人は私の靴に手を触れてはならぬ、という暗黙の掟もある。よって脱ぎ散らかした靴をそのままにしておくと、夜半に帰宅した折など、誰か死んだかと疑う。

つまり、そうした大量の靴の出番がコロナ禍によっていっそう少なくなり、たまに履いた古靴のソールが出先ではずれたのであった。

さて、本題に入る。

コロナ禍中にあってめったに外出せず、むろんお買物にも出たためしはなかったのに、なぜか靴が増えた。

靴が子を産むはずはなく、分裂も増殖もするわけはない。ではなにゆえ増えたか。

コロナが世界中を震撼《しんかん》させていた一昨年の秋口、ネバダ州ラスベガス在住の朋友《ほうゆう》ジェイソン君から電話があった。さては感染したかと気を揉《も》んだが、そうではなかった。

客足の絶えた郊外のアウトレットで、商品の投げ売りをしている。とりあえずボスの好きな『コールハーン』に来ているのだがどうする、と。

続けて写真が送られてきた。アメリカの老舗ブランド「コールハーン」はオシャレで履きやすく、ラスベガスを訪れる際には必ずアウトレットでまとめ買いをする。懐かしい店内の写真を拡大して瞠目《どうもく》した。

flat-rate sale $39.99

マジか。山積みにされたコールハーンが、39ドル99セント均一。ケタまちがいではない。早い話が、概《おおむ》ね十分の一の投げ売りであった。

「片ッ端から買ってくれ！」

株や相場の話ではない。靴を片ッ端から買ってどうする。しかしまあ、これで一生死ぬまで靴を買わずにすむかもしれぬし、同じサイズの編集者に一万円で転売すれば、さぞかし喜ばれることであろう。なにしろ日本国内でも大人気の高級ブランド「コールハーン」である。

余談ではあるが、若い時分に二十三・五センチという異常な小足であった私は、体重の飛躍的増加により今は二十五センチというほぼ平均サイズとなっている。さよう、体重が二十キロ増えれば、足の裏も一・五センチ伸びるのである。あな、おそろしやァ。ついでにさらなる余談ではあるが、六十二センチという巨頭のサイズはなぜか変わらぬ。頭に脂肪はつかぬのか、あるいは脱毛のせいか。あな、うらめしやァ。

「オーケー、ボス！」

電話は切られた。何となくカジノの呼吸である。ちなみに、ラスベガスでは客人を「ボス」と呼ぶのは当たり前で、けっして悪い気はしない。ホテルのフロントマンですら、「ウェルカム、ボス」と笑顔で迎える。そして別れの言葉は「グッドバイ」ではなく、必ず「グッドラック」である。

二十年来の友人であるジェイソン君は、タフでクレバーでセンスもよろしく、私の趣味もあらまし知っているはずである。よって全権委任。

およそ一時間後、ふたたび太平洋を越えて写真が送られてきた。

「こんなところでどうです、ボス」

つごう七足。片ッ端からというわけではないが、まずは妥当な判断であろう。しかも、合計代金は税込み300ドルとちょっと。

「ワンダフル。支払いはどうしようか」

「また今度でかまいませんよ。靴も預かっておきますから」

「サンキュー、すまないね」

「グッドラック、ボス!」

そう。おたがいにまさかコロナ禍が、こんなに続くとは思っていなかったのである。

かくして時は流れた。私の上にもジェイソン君の上にも。

せめて立替え分の代金は払っておきたいのであるが、意外なことに私は海外に送金したためしがない。それはそれとして、足のサイズが変わったらどうする。ダイエットの結果ブカブカになるということは希望的観測であるにしても、果てなきコロナ肥えの結果キツキツになる可能性は大きい。

その後、ジェイソン君とはしばしば連絡をとっていた。一時は機能停止していたラスベガスも不死鳥のごとく復活し、往時の華やぎを取り戻したという。来年は「ラスベガス・ストリップ」をストレートコースにした、F1グランプリが開催されるらしい。実現すればマイアミとオースティンに続く、アメリカでは三つ目のF1レースである。

しかし、そのときまでにコロナ禍が収束し、かつ七足のコールハーンがキツキツになっていないという保証はない。

そんなある日、ジェイソン君から提案があった。日本に引き揚げる友人がいるので、七足の靴を持ち帰らせる。空港から宅配便で送れば問題はなかろう、というわけである。

まさか私のコロナ肥えまで危惧《きぐ》したはずはないと思うが、当時の出入国の面倒や滞留しがちであった国際貨物のリスクなどを考えれば、たしかに妙手にちがいなかった。

誠に申しわけない。見知らぬ人が七足の靴をデリバリー中継して下さるのである。第二次世界大戦を上回る犠牲者を出した合衆国にあって、ジェイソン君も友人の彼も大変な苦労を舐《な》めたであろうに、愚痴の一言もなく私のために心を摧《くだ》いてくれた。

数日後、成田空港から宅配便が届いた。39ドル99セントのコールハーンが七足。ていねいな梱包を開いたとき、午後十時にスタートするというF1グランプリを、何としてでもラスベガス・ストリップのメインスタンドで観戦したいと思った。

夏冬二度のオリンピック・パラリンピックが終わり、戦争が始まった。コロナもいまだ猖獗《しょうけつ》をきわめている。だが、きっと世界は何とかなる。

人類はけっして、靴を履いた猿ではない。

アジフライの正しい食べ方

孔子は「四十にして惑わず」とのたまい、孟子もまた「四十にして心を動かさず」と言った。

すなわち人間は四十歳でおのれの世界観を確立し、そののちの人生を揺るがずに過ごさねばならぬのである。

しかし齢《よわい》七十にもなって、アジフライをどのように食べてよいのかわからぬ。しかも大好物であるから、たぶんこれまでに三千尾ぐらいは食べており、にもかかわらず食い方が決まらぬとは情けない。いったい世の中に、三千回もくり返してスタイルの決まらぬものなどあろうか。

迷いの発端は今を去ること十五年くらい前、『一刀斎夢録《いっとうさいむろく》』執筆のため大分県佐賀関《さがのせき》を訪れた取材旅行であった。

佐賀関といえば豊予《ほうよ》海峡の荒波に揉《も》まれた〝関あじ・関さば〟。滅多にいただけぬ高級魚である。ところがたまたま通りかかった漁港の近くに、「関あじフライ定食」という看板を認めてわが目を疑った。東京のデパ地下や空港の売店等で見かけても、たいていビビるくらいの値がついている〝関あじ〟を、刺身でも焼物でもなくフライにするとは何という贅沢《ぜいたく》であろう。しかも漁港の食堂ならば冷凍物であるはずもなく、「定食」と称するからには安価であるにちがいない。

折しも昼飯時であったので車を急停止させて食堂へ。編集者一同ともに感激しつつ、至福の「関あじフライ定食」をいただいた。

ものすごくうまかった。前後の取材内容がてんで記憶に残らぬくらい。いや、うまいまずいではない。話はアジフライの食べ方である。

食堂のテーブルには醬油とソースが置かれていた。そしてほどなく運ばれてきた定食の膳には、タルタルソースがついていた。メンバーは編集者男女各一名と私、つごう三名である。むろんオーダーは全員がアジフライ定食。しかし三者三様にアジフライの食べ方が異なっていた。

私は醬油。和風に徹していた明治生まれの祖父母に育てられたせいで、醬油信奉者なのである。

男性編集者は卓上のソース。ごく当たり前の市販品である。

「エッ、ソースかよ」と私。

「ふつうソースでしょう。フライなんだから」

そういう考え方もあるのか。なるほど、醬油党の私もトンカツやコロッケにはソースをかける。つまり私は醬油とソースの使い分けに際しては「魚か肉か」を基準とし、男性編集者は「天プラかフライか」で区別しているらしい。

ところが、女性編集者が迷うことなくタルタルソースを使用したので、話はややこしくなった。

「わたくし、ふだんでもアジフライにはタルタルですの。魚介類にはタルタル」

言われてみれば私も日ごろエビフライやカキフライにはタルタルソースを使用している。ならばなにゆえアジフライだけ醬油なのかと考えても、合理的な説明はつかない。たぶん私が子供の時分には、エビフライやカキフライは家庭の食卓に上らぬ高級品だったので、祖父母の影響を受けることなく、長じて外食をするようになってからタルタルソースとセットで食べるようになったのではあるまいか。わけてもマクドナルドの「フィレオフィッシュ」にタルタルソースが使われていたのは、決定的であったと思われる。

ところでこの取材の眼目は、西南の役における豊後口《ぶんご》の戦についてであった。西南戦争といえば田原坂《たばるざか》の戦が名高いが、実は東側の大分が戦線の北端である。野村忍介《おしすけ》ひきいる二千余の薩摩軍が、政府軍の手薄なこの地域に突出した。もしや熊本の戦線は陽動作戦で、野村の部隊が北九州の不平士族を糾合して小倉の政府軍本営を狙う作戦だったのではあるまいか。

佐賀関の戦跡を巡りながら、編集者たちとあれこれ語り合い、想像は大いに膨らんだのであるが、つまるところアジフライは醬油かソースかタルタルかという激論になってしまった。

なお詳しくは文春文庫『一刀斎夢録』を参照のこと。むろんアジフライの食べ方ではなく、西南戦争について。

「アジフライはどうやって食べますか」

そう訊《たず》ねると、マッサージ師の手の動きが止まった。

「は?」

「醬油ですか、ソースですか、それともタルタルソースとか」

本稿でもしばしば書いている通り、私にとってマッサージは生活の一部である。性格も凝り性だが体も凝り性で、五日もあけば仕事が手につかぬ。

その当時かかりつけであったマッサージ師はうら若き女性であったが、けっしてツボをはずさぬ名人であった。ここちよく体をほぐされながらふと、名人ならばきっと食べ物の趣味もよろしかろうと考え、懸案のアジフライについて訊ねてみたのである。

施術に際して対話はない。おたがい集中が必要だと思うゆえである。そもそもマッサージは師の指先と私の肉体との会話であるから、穢《けが》れた言葉などかわしてはならぬ。

しかるに、そうした神聖な関係が数年間も続いたあげく、アジフライの食い方について唐突に訊ねられた師は、さぞ当惑したであろう。

ややあって、師は肩甲骨まわりのツボを攻めながら答えた。

「何もつけません」

イテテッ。イテテッ。でも気持ちいい。一ミリもはずれてはいない。たぶん手書き原稿のせいであろうが、右手ではなく体重を支え続ける左肩が凝る。しかも肩甲骨まわりのピンポイントである。

「アッ、アアッ。何もつけないとは、塩でしょうか」

「いいえ。フライは大好きなので、何もつけないんです」

「イテッ。フライはすべて、ですか。アアッ、エビフライは」

「もちろんですとも。何か調味料を加えれば、みんな同じ味になってしまいますから」

「イッテェー。いや、遠慮なく。まさかトンカツは」

「やっぱり何もつけませんね。豚肉の旨味《うまみ》がきわだちます」

「ヒエーッ」

名人である。ツボをはずさぬ師は味覚もたしかなのであろう。しかし私には、ソースもカラシもつけずにトンカツを食べる勇気はない。思えばあの日、関あじのフライを何もつけずにそのまま食べてみなかった私は愚かであった。

孔子は言う。「七十にして心の欲するところに従えども、矩《のり》を踰《こ》えず」と。

要するに何だ、七十になったら醬油だろうがソースだろうがタルタルだろうが、てめえの好きにすりゃいいんだが、揚げ物はなるたけお控えなさい、ということだな。

クスリのリスク

かつて本稿において、おのれが薬いらず医者いらずの頑健な体だと豪語したおぼえがある。

今となっては懐かしくも恥ずかしい。で、その稿を読み直したくなったのであるが、なにしろ二十年にわたる連載であるから、検索もなまなかではなかった。単行本第二巻『アイム・ファイン！』所収。タイトルは「闘病生活」。文中に「いまだかかりつけの医者がいない五十六歳のオヤジというのも、あんがい珍しかろう」などと書いている。まこと懐かしくも恥ずかしい。

要するに十四年前の私は、腹をこわして医者にかかった経験をエッセイに書き、あまつさえ「闘病生活」と題するくらい健康に自信があったらしい。その後ほどなく本物の闘病生活に入ろうなどとは、思いもしなかったのである。

さよう。五十六歳の私はたしかに、医者いらず薬いらずであった。ごくたまに具合が悪くなっても、健康な体には売薬が覿面《てきめん》の効能を顕《あらわ》した。

それが、たった十四年後の今はどうかというと、医者いらずどころかあちこちの通院に忙しく、のみならず週に一度はホームドクターが来宅して問診する、という有様なのである。

いや、それはちと大げさか。つまり多年にわたって医者と薬に無縁であったせいで、体の急激な変調にとまどっている、と言うべきであろう。少なくとも当面、命に別状はない。と、思う。

主な病は狭心症である。血縁者に同じ病気がないところをみると、個人的な嗜好《しこう》による中華料理の食い過ぎ、サウナの入り過ぎ、もしくは鉄火馬券の買い過ぎ、というあたりが原因ではないかと思われる。いずれにせよ自業自得である。

この病気に付随せる諸症状について処方されている薬が八種類。朝食後に七錠、夕食後に三錠。加えて就寝時には睡眠導入剤が欠かせなくなった。

これだけでもまちがいはしばしば起こり、薬の残量が合ったためしはない。

行きつけの薬局では、「一回分ずつ分包しましょうか」などと言ってくれるのだが、年寄り扱いされるのも癪《しゃく》だし、なぜか薬剤師には美人が多いということもあって、「いえ、結構です」と意地を張る。

しかし、まずいことにこれだけではすまぬのである。このごろ春と秋の花粉症に悩まされるようになった。遅咲きの作家は花粉症のデビューだって遅いのである。

それも、花粉症に悩む周囲の人々を嗤《わら》っていた分だけバチが当たって、年ごとに症状は悪化する。シーズンには薬が欠かせぬ。

まだある。肩こり、腰の痛み、目のかすみに効くというビタミン剤は、まるで小説家を狙い撃つような薬である。これを一日一回三錠。ビタミン剤は薬という以前に習慣であるが、なにしろ肩こり、腰の痛み、目のかすみと戦い続ける仕事であるから、飲み忘れるとえらいことになりそうな気がする。

ここまでの小計が十一種類、朝食後に十錠、夕食後に三錠、就寝時に二錠というラインアップ。いや、メニューと呼ぶべきか。むろん、胃腸の調子が悪いだの風邪《かざ》ッ引きだのとなれば、さらなるサイドメニューが加わる。

さて、ここからが本題である。

過日、行きつけの薬局で処方の待ち時間中、興味深い薬を発見した。たいそう地味なパッケージに、「年齢からくる目のかすみ、腰痛、しびれなど」とある。それだけならば前述のビタミン剤で間に合っているのだが、九十度回せば「夜中にトイレに起きるなど」と大書してあるではないか。

だいたいからして、このごろの薬局はスーパーマーケットなみに広く、待ち時間中にあれこれ買物をしてしまうのである。まして薬のパッケージの効能書きを読むのは、書店の立ち読みと似ている。つまり時間は潰《つぶ》せる。そのうえ薬剤師は美人だ。

それはともかく、夜間の用足しは現今の懸案事項なのである。しかも一度ならず二度三度となれば睡眠障害を招き、翌日の仕事に支障をきたす。かと言って、心臓疾患がある限り水分を控えてはならない。

しかし病気とは言えぬそうした症状を、薬でどうにかしようという発想はなかった。もし薬で治るのなら、それに越したことはあるまい。

「〇〇〇〇丸」という漢字五文字。こういうのに弱い漢字至上主義者である。むろん純然たる漢方薬であることは言うまでもない。そして考えてみれば、私が処方されている夥《おびただ》しい薬の中に、漢方製剤はひとつもないのであった。そこでなぜか「ものすごく飲みたい」衝動にかられ、メニューに追加することにした。

しかるに、想定外の困難が生じたのである。

件《くだん》の漢方薬は用法用量が特殊であった。一日三回、食前または食間に服用。一回四錠。

これは難しい。ほかの薬はすべて食後か就寝時、しかもおおかた一回一〜二錠である。イメージでいうなら、大編成のオーケストラの中に一丁の三味線が抱かれている感じであった。

クラシック音楽は好きだ。若い時分からメンデルスゾーンで目覚め、ドビュッシーで眠る習慣がある。しかし、若い時分から薬いらずの体であったから、難しいことはできぬ。

「食間」というのは、「食事中」であろうか。フレンチや懐石ならば薬を服《の》む間もあろうけれど、ソバやラーメンでは難しかろう。鍋を囲みながら薬を服むのは、いくら何でも行儀が悪い。

だったら「食前」でかまわぬのであるが、忘れるに決まっている。食前は腹が減っているのである。あらゆる欲望が減退したきょうこのごろ、食欲ばかりがまさってとどめようがない。そんな折から、膳を前にして「あ、クスリ」なんて、思いつくはずがなかった。

一回四錠。一日三回。つまり十二錠。ということは、オーケストラの中の一丁の三味線ではない。量的なイメージでいうなら、ビオラと第二バイオリンの間に紋付袴《はかま》の三味線が十丁くらい揃《そろ》っている感じである。

しかも、「食前」を忘れずに服めば百八十錠入りの瓶がたったの十五日分で、だとすると「EX」だの「EXプラス」だの「EXプラスα」だのと、頼みもしないのにどんどんアップグレードされてゆくビタミン剤より、もっと高くつくではないか。すなわち、経済学的には十丁の三味線の音量が、大編成のオーケストラを圧倒してしまうのである。

かくして総計十二種類、朝食後、夕食後、就寝時のほかに「食前」十二錠が追加されて総計二十七錠。シンフォニーにたとえるなら、グスタフ・マーラー級の大編成となった。

案の定、「食前」はしばしば忘れる。しかし適当に服用しつつも一瓶を飲みおえたころ、明らかな効果が顕現した。安らかな夜を取り戻したのである。

念のため追記しておくが、「食間」とは「食事中」ではなく、「食事と食事の間」であるらしい。

人生七十古来稀なり

古稀《こき》である。

そもそも数字に疎《うと》い私は、「70《しちじゅう》」と聞いても全然ピンとこない。漢数字で「七十」と書けばいくらか胸に応える。本稿の表題に「古来稀《まれ》」と続けて書いたところ、愕然《がくぜん》としてしばらく筆を擱《お》いた。

このテーマは身の毒だからやめておこうかとも思ったが、自覚を促すつもりで書くと決めた。

ともかく、古稀である。

この言葉は杜甫《とほ》の「曲江詩《きょくこうし》」に詠まれた、「人生七十古来稀なり」に基づく。八世紀の唐代に七十歳の人は珍しかったのである。杜甫自身も算《かぞ》え五十九歳で没している。

私が子供の時分には、すでに七十歳は「稀」ではなかったはずだが、相当な高齢という印象があった。それから今日までの間に、医学の発達や生活環境の改善のおかげで、日本人の寿命は飛躍的に延びた。つくづく、よい時代に巡り合わせたものだと思う。

なにしろ今や七十は「稀」どころか、郊外の駅頭や昼下がりのカフェや、書店やサウナルームの中でふと気付けば、全員ご同輩か先輩という場合も珍しくはない。昔ならばよほどシュールな光景であろう。

というわけで、コロナ禍も小康状態を得たと思える三月中旬、高校の仲良し同級生が十名ばかり、古稀祝いの一泊旅行に出かけた。

シュールである。たった三年間しかなかった高校生活が、同じノリでその後なぜか五十数年も続いている。しかもコロナ禍で二年余の中断を余儀なくされたのち、ＬＩＮＥで繋《つな》がった七十歳の翁媼《おきなおうな》が、わざわざ北陸は和倉温泉までカニを食いに行こうというのだ。

実は二年前にコロナのせいで流れた企画であった。昨年も無理であったから、今年こそ宿に義理を果たそうじゃないかというのは、なかなかの鯔背《いなせ》っぷりである。というか、やっぱりシュールである。

参加資格は三回目のワクチン接種をおえていること。現地集合、現地解散は恒例のルール。いかにも東京の高校生らしいが、そんなふうでなければ長い付き合いはできない。ただし本年に限っては、「大声での会話は控え、黙食黙浴を心がける」という特約事項が加わった。

さよう。齢《よわい》七十、若者たちの手本となるのである。そこまでして同窓会もないものだろうと思う向きもあろうけれど、会えぬ間に亡くなった友もあり、おのれの急激な老けようからすると同級生はどうなのだという暗い興味などもあって、いや何よりも食うしか楽しみがなくなった古稀の身は、どうしてもラストシーズンの「加能《かのう》ガニ」を看過できなかったのである。

かくして、翁媼十名の黙行、黙浴、黙食というシュールな旅となった。つまり道中や宿においては特筆する出来事がない。しかし、翌日立ち寄った金沢市内の市場で事件が起きた。

齢七十。そりゃいくらか筋肉は落ち、手足の節々など痛みもするが、けっして頭は呆《ほう》けていないと断言しておく。

また、生まれつき方向感覚がよい。海外の見知らぬ場所に行っても、地図さえあれば迷わぬし、いまだカーナビもついていない二〇〇〇年型の愛車を乗り回している。体内磁石でもあるのか、たとえば地下のバーにいても東西南北ははっきりわかる。ほとんど野性の勘である。

そんな私があろうことか、市場の中で迷子になった。

場所は金沢市内の近江町市場《おうみちょういちば》。けっしてパリのマルシェではなく、北京の商場《シャンチャン》ではなく、ラスベガス郊外の巨大アウトレットでもない。

たしかに広さは広いが、日本国内である。時節がらさほど混雑しているわけではなく、外国人観光客の姿もない。だのにどうしたわけか、方向がまったくわからなくなって立ちすくんでしまった。

友人たちは鮨を食いに行った。私は前夜にいただいた加能ガニがあまりに美味であったので、みやげにも買って帰ろうと思い立ったのである。

買物は好きだ。カニも好きだ。市場も好きだ。そして私は、市場でカニを買うのである。加能ガニの漁期は三月二十日まで、ラストシーズンを迎えた市場は右も左もカニだらけ、さてどれにするかと場内を歩き回っているうちに方向を失った。

それはかつてない感覚であったから、ついに呆けたかという疑念が湧き、焦れば焦るほどさらなる未知の領域に歩みこみ、とりあえずカニは買ったものの、さてどうしたものやらと立ちすくんでしまった。

携帯電話は鳴り続けているのだが、応ずる気になれなかった。高校時代は常に先頭に立って遊蕩の限りを尽くしていた。多年にわたる同窓会のプロデュースもおさおさ怠りなく、まして今回の言い出しっぺは私であった。その私がまさか、「迷子になりました」とは言えぬ。

鮨屋はどこだ。探そうにも店名は失念しており、しかもあたりは鮨屋だらけであった。

カニを抱えて場内の十字路に立ち、ぼんやりと救出を待っていると、やがていずくからともなく私を呼ぶ声があって、七十媼が手を振った。

朝《ちょう》より回《かえ》りて日日《ひび》春衣《しゅんい》を典《てん》し
毎日《まいにち》江頭《こうとう》に酔《よ》いを尽《つ》くして帰《かえ》る
酒債《しゅさい》は尋常《じんじょう》行《ゆ》く処《ところ》に有《あ》り
人生七十古来稀《じんせいしちじゅうこらいまれ》なり

杜甫は名家に生まれながら恵まれず、四十四歳にしてようやく官職を得た苦労人であった。並び称される李白《りはく》の飄々《ひょうひょう》たる作風に比して、その詩は憂いに満ちている。

そうした憂慮の情をわきまえておかねば、この詩の一行目は読み下せず、意味もわからぬ。「朝回日日典春衣」の「朝」は「あさ」ではなく「朝廷」であり、「典」は「式典」でも「法典」でもなく「質入れ」の意である。

すなわち、小役人であった杜甫は勤めをおえると春物のコートを質に入れて、曲江池のほとりの酒場で酔いしれた。ツケは当たり前にあったが、毎日いくらかは払わねばならなかったのであろう。そして盃を舐《な》めながらこう嘯《うそぶ》く。どうせ七十まで生きるやつはめったにいないのだ、と。

こうして出典を尋ねれば、古稀という言葉もずいぶん独り歩きをしたものだと思う。時は流れて千三百年後の今日では、誰しも七十から先の人生について考えねばならなくなった。「人生七十古来稀なり」と嘯くことのできぬ時代である。

長安の景勝地であった曲江池は、時を経て干上がってしまった。現在の西安市内、かの大雁塔《だいがんとう》の近くである。若い時分にその跡地を訪れた記憶があるが、とりたてて杜甫の詩に思いをはせなかったのは、おそらく古稀などは他人事《ひとごと》であったからなのだろう。

多少の不具合が生じても、若き日にはわからなかった詩がわかるようになるのだから、老いもまんざらではあるまい。

落ちつかない部屋

若い時分、東北の温泉を訪れて落ちつかない部屋に泊まった記憶がある。座敷わらしを見た、などという気の利いた話ではない。案外のことに私は、怪力乱神の類《たぐい》はてんで信じぬつまらん小説家なのである。

「落ちつかない部屋でよかったら」と言ったのは宿の亭主。夜も更けてから素泊まりの一人客というのは、やはり迷惑だったのであろう。好景気の時代でもあり、週末であったのかもしれぬ。

通されたのは実に落ちつかない部屋であった。六畳か八畳の座敷なのだが、そうした規格は中《あた》らない。なぜかというと、部屋全体が三角形だったのである。つまり六畳分か八畳分の畳をジグソーパズルのピースにした、先端のやや尖った二等辺三角形のお座敷であった。

数奇者の亭主が設《しつら》えたわけではない。その宿は狭苦しく込み合った温泉街の角地にあって、鋭角に交叉《こうさ》する路地に沿って建てたら、あろうことか三角座敷が出現したということであるらしい。

たしかに落ちつかなかった。まず、蒲団《ふとん》の敷きように困る。何がどうだではなく、ふつうは部屋も蒲団も四角なので方向だけ定めればよいのであるが、部屋が三角では困る。まさか「三角の蒲団はありますか」とも訊《き》けぬ。しかも仲居さんは、私の困惑を察知したのであろうか、それともみずから困惑したのであろうか、運んできた蒲団を重ね置いたまま下がってしまった。ちなみに、当然の話ではあるがその部屋に押し入れなるものはなかった。

三角の部屋に四角の蒲団。さてどうする。これだからジグソーパズルは嫌いだ。

どのように敷こうが仰向《あおむ》けば三角天井。あまりにも見慣れぬ図を見るうち、奇妙な浮揚感に囚《とら》われた。

とりあえず湯に浸《つ》かって考えた。一泊二日で最低七セットの入浴は若いころからのノルマである。このごろでは命がけであるが。

温泉の最大の効能は、想像力の涵養《かんよう》であろう。そしてむろん、思索の時間でもある。よってそのときの私は、小説の筋立てとかテーマの思索ではなく、「三角の座敷に四角の蒲団を敷いて落ちつく方法」について考え続けたのであった。

四角の座敷に三角の蒲団を敷くほうが、ずっとマシなのである。なぜなら、そもそも三角形は人間の居住空間に存在しないから。

それでもあれこれ想像し思索して部屋に戻れば、引き戸を開けてギョッとするのである。この世にありうべからざる二等辺三角形のお座敷。まさか客間ではあるまい。蒲団部屋か、従業員の宿直室であろう。そのとたんに湯舟で得たはずの結論は一瞬で忘れ去られ、あちこち蒲団を引き回しては寝転がるという作業が続いた。入浴。想像。思索。驚愕《きょうがく》。試行。つごう七セット。くり返すうちに夜が明けた。


さて、落ちつかない部屋といえば、さらに忘れがたい体験がある。

東北の三角座敷で苦闘した青年は、才能が開花したというより執念深さが物を言って、のちに小説家になった。

私のような横着者には天職だと思っていたのであるが、意外にも原稿用紙に向き合っているだけではなく、取材旅行だのサイン会だの講演会だのと、あちこち走り回らねばならなくなった。もともと旅好きであるから苦には感じぬ。

しかし仕事であるからには選《え》り好みもできぬ。そうした状況下で、ふたたび私は落ちつかない部屋に泊まるはめとなった。

関西の老舗旅館、とだけ言っておく。同地でのサイン会ののち投宿した、広壮かつ格式高い旅館であった。通された部屋もむろん三角形ではなく、床《とこ》も次の間もついた立派な設《しつら》えであった。

私見ではあるが、総じて関西の旅宿は女将《おかみ》のもてなしが篤《あつ》い。どうかすると夕食にずっと陪席することさえある。つまり、それくらい料亭や老舗旅館の女将は客あしらいに長《た》けており、客にもまたそうした社交を娯《たの》しむ文化があるのだと思われる。

しかるに、淡白な接待に慣れている関東人には、そうしたもてなしをうっとうしく感ずる向きも多い。ましてや同行する編集者のみなさんにしてみれば、作家と語り合う数少ない機会なのであって、女将に長居されても困る。

私は下戸であるうえ、営業が長かったので酒席の気配には敏《さと》い。そこで、きっぱりと言った。「仕事の打ち合わせがあるので、そろそろご遠慮願いたい」と。

その一瞬、女将の顔色が変わった。東京から来た野暮にもてなしを拒否された屈辱とでも言おうか。

やがて宴《うたげ》も果て、仲居さんが言うには、広いお座敷でゆっくりお休み下さい、と。ハテ、部屋は狭くもなし、文句をつけた覚えもないが、おしゃべりが過ぎた女将のお詫《わ》びかな、などと思った。

編集者のみなさんは上機嫌でそれぞれの部屋に下がり、私は﨟長《ろうた》けた仲居さんに導かれるまま、一間幅の廊下をたどって旅宿の奥へと。そうして案内された「広いお座敷」が、まこと落ちつかぬ部屋であった。

広さも広し、算《かぞ》えたわけではないがおそらく百畳の上。その中央にデンと蒲団が敷かれており、百人一首の持統天皇の絵姿に描かれているような絹の几《き》帳《ちょう》が、ヒラヒラと繞《めぐ》っているのであった。

しかも見上げれば折上格《おりあげごう》天井、足元には能でも舞えそうな檜《ひのき》舞台。その袖には太鼓が据えられていて、夜明けには女将が片肌脱いでドドンと叩《たた》きそうな気がした。

まさか大広間に客を寝かせるのが当地の流儀ではあるまい。まちがいなく、もてなしを拒否された女将の意趣返しである。ほかに考えようがあろうか。

かと言って、酩酊《めいてい》した編集者を叩き起こして「このザマを見ろ」でもあるまいし、帳場に怒鳴りこもうものなら、それこそ洒落《しゃれ》のわからぬ野暮天である。この際、知らんぷりで床につき、何事もなかったかのように朝を迎えるほかはあるまい。

かくして、百代《はくたい》の過客《かかく》ならぬ百畳の過客になったのであるが、落ちつかぬまますさえざえと思い出されたのは、若き日の三角座敷。あれには往生した。しかし落ちつかぬ部屋というのなら、百畳の座敷に一畳の蒲団を敷くよりも、まだしもマシに思えたものであった。要するに、幾何学的異型よりも代数的異型のほうが、人生においては始末におえぬ、という結論であった。

その夜、いったい眠れたのか眠れなかったのか、あるいは翌朝、女将とどんなやりとりがあったのか、まるで記憶がない。

ああ、いかん。「落ちつかない部屋」が次々と思い出されてきた。続きはまたいずれ。

続・落ちつかない部屋

引き続きこれまでに体験した「落ちつかない部屋」について書く。

前回紹介した「三角形の座敷」と「百畳の大広間」はともに国内の旅宿であったから、続篇は海外に限定してみよう。

これはいくらでもある。そもそも風土文化がちがうのであるから、落ちつかなくて当たり前だ。そして困ったことには、ホテルの格が高ければ高いほど風土文化が反映されて、落ちつかない部屋になりがちなのである。

たとえば――

その1　総督官邸

クアラルンプールであったかシンガポールであったか、昔話であるから記憶も曖昧《あいまい》なのであるがそのどちらか。植民地時代の総督官邸がホテルに改装されており、幸運にも投宿する運びとなった。

総督といえば英国国王の名代である。これは偉い。しかも建物自体がヴィクトリア朝の遺産であるから、極めつきのクラシックホテルと言えよう。そして私の宿泊した部屋は、かつて総督閣下の寝室であったという。

もったいない。ありがたい。でも落ちつかないから部屋を替えてくれとは言えまい。

ちなみに前回の「百畳の大広間」は、何もなくて心細かったのである。しかし総督閣下の寝室は、勝るとも劣らぬ広さをヴィクトリア風のデコレーションが埋めつくしていた。つまり、日本人の美意識からすると恐怖すら覚える過剰な装飾と調度品の数々――大小の暗い肖像画、中世の武具、古いグランドピアノ、天蓋《てんがい》に鳥の羽毛が立ち、絹のカーテンが繞《めぐ》らされた寝台等々、わけても恨めしげにこちらを見下ろす鹿の頭はいただけなかった。

眠れば悪夢、目覚めればさらなる悪夢。輾転《てんてん》としてひたすら朝を待った。

その2　工事中

シャンゼリゼに近い、パリでも屈指の高級ホテルである。チェックインの折にコンシェルジュがあれこれ説明していたが、フランス語はさっぱりなので

「ウィ、ウィ」とわかったふりをしていたのがいけなかった。これも英語が万能でなかった時代の話である。

ゲストルームに入って落ちついたと思ったら、突然壁を揺るがしてドリルの音。「うるせーぞバカヤロー！」というフランス語は知らないし、つまりコンシェルジュは騒音の了解を求めていたのである。

パリの伝統建築物は、外壁を勝手に変えてはならぬが内装の改造は原則として自由だと聞いている。どうやらホテルは、営業中のまま一部屋ずつ改装していたらしい。

昼間は外出すればよい。さすがに夜はドリルの音もやんだが、かわりに壁紙を貼り替えているのか絨毯《じゅうたん》を剝《は》がしているのか、遠慮がちの雑音が耳ざわりでならぬ。それが深夜まで続くのである。「何時だと思ってやがるバカヤロー！」というフランス語は知らぬ。モンテーニュ通りの夜は呪《のろ》わしいほど静かであった。

その3　バルコニー
これもうるさくて眠れぬ部屋。

ラスベガスのホテルにバルコニーがないのは、自殺防止のためという実《まこと》しやかな話があるのだが、俗説であると知った。

近年オープンした高層ホテルのゲストルームは、バルコニーから「大通り《ストリップ》」の夜景が一望、足元には『ベラージオ』の噴水ショーが堪能できるというのでチェックイン。

たしかにすばらしい景観であった。しかし、両隣の部屋は夜を徹してのパーティーなのである。つまり、ベガスのホテルにバルコニーがないのは、自殺防止などではなくて騒音防止のためと知った。「うるせーぞバカヤロー！」という英語ならわからんでもないが、怒鳴りつける勇気はない。寝つかれぬままカジノに降りて散財。

その4　歩道橋

そもそも歩道橋は日本固有の設備と言ってもよかろう。むろん諸外国にもないわけではないが、よほど限定的である。呼称もアメリカでは「overpass」、中国語では「天橋《テイエンチアオ》」。いずれも何となくぞんざいな感じがする。

おそらくアメリカ人にとっては面倒くさく、中国人は地下道を好み、ヨーロッパ諸国は美観を損なうと考えるのであろう。いずれも正当な理由になりうるはずであるが、なぜか日本だけは安全第一の国民性に則《のっと》って歩道橋大国となった。

ある朝、香港のホテルで目覚めて仰天。カーテンを開けたとたん、窓いっぱいに人が通り過ぎてゆくではないか。しかも通勤ラッシュの時間帯と見えて、行列は引きも切らぬ。むろん中にはこちらを覗《のぞ》きこむやつもいる。夢か現《うつつ》かわからずに、ベッドの私はただ呆然《ぼうぜん》とするばかりであった。

この怪異現象の種明かしはすでにおわかりであろう。ゲストルームの広い窓に接して、香港では数少ない歩道橋が架かっていたのである。まさに「overpass」いや、まさしく「天橋」。

その5　スリラー

ハイドパークが黄色く彩られる、秋のロンドンである。お題は「スリラー」だが、けっして怪異譚ではない。

舞台はお気に入りの『ザ　ドーチェスター』。真夜中に異様な気配で目覚めた。窓から裏通りを見下ろせば、驚くなかれ時ならぬ群衆がみっしりと集って、指笛を吹いたり拍手をしたり、みなさんこちらを見上げて大騒ぎをしているではないか。

ハテ、英訳がベストセラーになった覚えもなし、まして眼下の群衆は世代を異にする若者ばかりである。

落ちつかぬ。最高のホスピタリティーを誇るザ ドーチェスターの落ちつかぬ部屋。眼下の騒擾《そうじょう》がまったくわからぬ。スリラーである。

そしてこの出来事には信じがたいオチがつく。翌日、廊下ですれちがったのは物々しいボディガードに囲まれた、マイケル・ジャクソンであった。のちに知ったのだが、彼は私のゲストルームの階上に泊まっており、ときどきバルコニーに姿を見せては集ったファンの歓声に応じていた、というわけである。裏通りを埋めた群衆よりも、自分の頭の上でマイケル・ジャクソンが眠ったり踊ったりしていたのかと思うと、今さらながら落ちつかぬ。

この話はかつて本稿にも詳しく書いた。興味をお持ちの向きは、小学館文庫および集英社文庫『パリわずらい 江戸わずらい』所収の「袖ふりあうも多生の縁」を参照のこと。むろん立ち読みでもよい。

はてさて、こうして思いつくままに書いていると、この話材にはきりがない。そして、たとえそれぞれが眠られぬ夜であっても、けっして悪い記憶ではない。人生において、過ぎてしまえば笑い話になる苦労など、実はあるようでないものである。それらの多くは癒《い》えようのない傷であるから。しかしふしぎなことに、同じ人生のうちにありながら、旅先での出来事は悲喜こもごも、あらまし宝石に変わる。

イエス・キリストも釈迦も孔子も、あてどない漂泊に長い時を過ごしたことは、あながち偶然とは思われない。

ナポリを見て死ね

ゲーテは言った。「ナポリを見て死ね」と。

古今東西、これほど観光に貢献した言はないであろう。かの文豪ゲーテがそうまで言うのである。

しかるに、人口に膾炙《かいしゃ》する「ナポリを見て死ね」は適切な訳とは言えまい。いかにもゲーテ的に言うのなら、「ナポリを見ずして死するなかれ」とでもするべきであろうと思う。

ゲーテの話ではない。ナポリタンの話をしよう。むろんイタリアのナポリについてではなく、スパゲティナポリタンについてである。本稿でもしばしば書いている通り、私はナポリタンが好きだ。どのくらい好きかというと、ゲーテに言われたからではなく、本場のナポリタンが食べたくてナポリに行った。ということは少なくとも、ゲーテをことさら好きなわけではないがナポリタンは大好きなのである。

以来、ナポリを訪れること数度、いまだ本場のナポリタンには出会えない。魚介類のトマトソース味は同地の名物と言えようが、私の偏愛するナポリタンとは似て非なるものである。つまり、「本場のナポリタン」は存在しないらしい。

そして悲しいことに、わが国オリジナルのナポリタンも変容してしまった。昭和の時代には喫茶店のランチメニューとして完成していたはずなのに、今どきのカフェのそれは明らかにちがう。

昭和のナポリタンはボッテボテに延びた太麺でなければならぬ。ケチャップは断じて、トマトソースであってはならぬ。タマネギはシャリ感の残る半ナマ。ありがたいくらいほんの少しの、ハムまたはソーセージの切れっぱし。皮が赤けりゃなおけっこう。

そのように昭和のナポリタンは貧乏くさく完成していたのであり、めくるめく高度経済成長の時代に、「もしや自分だけ取り残されるんじゃなかろうか」という危機感とともに食べたものであった。

要するにこのごろのナポリタンは、食生活が豊かになった分だけ余計な変容をしたのである。

近ごろ所用で渋谷に出る機会が多くなった。ほぼ隔週というところか。コロナ禍中に足腰が衰えた気がするので電車を利用している。

通学路は渋谷乗換えであったから、私にとっては懐かしい街なのだが、残念なことにほとんど昔日のおもかげはない。おそらく東京都心で、最も風景の様変わりした街であろう。

しかも若者ばかりである。京王井の頭線の改札口を抜けたとたん、どんどん追い抜かれる。疎外感すら覚える。しかし考えてみれば、昔も若者の多い街であり、私が齢《とし》をとっただけなのである。

午後一時過ぎに渋谷着、ランチタイムが終わったころに昼食をとる。こうした計画を立てること自体がジジくさい。そしてジジイの昼飯といえば定めてソバである。

ところがその日、ソバ屋を探して歩いているうちに、看過できぬ店を発見した。

「ナポリタン専門店」

むろんケチャップ色の看板である。ナポリタンが隆盛をきわめていた五十年前にも、まさか「専門店」はなかった。だとすると、私のような愛好家のための店にちがいない。

迷わずドアを開ければ、午後一時を過ぎているのにほぼ満席である。たちこめるケチャップの匂いと、紅白チェックのテーブルクロスが泣かせる。そしてメニューはナポリタンとミートソースばかり十数種類。要するに「オムナポ」とか「海鮮」とか「ハンバーグナポ」とか、さまざまのバリエーションがあるのだが、華やかなサンプル写真を見た限り、かつての「完成品」に対するリスペクトが感じられた。

私のオーダーは「ナポリタン（並）」トッピングに目玉焼。王道である。テーブルの上にはバケツのような粉チーズとペットボトル大のタバスコ。やがて運ばれてきたホッカホカのナポリタン（並）は、当然楕円形のステンレス皿に盛られていた。ただし、このごろのデカ盛ブームにあやかったのか、どう見ても（並）とは思えぬサイズである。

こうとなったら、医者から厳命されているカロリー制限なんてくそくらえである。一口食べて唸《うな》った。

うーむ、うまい。世に食レポのセリフほど難しいものはないと思うが、あえて言うなら私の魂はそのとたん、五十年の時間を翔《はばた》いて昭和の渋谷に飛んだのであった。

そのせいかどうかは知らぬが、数日後の血液検査の数値ははね上がっていた。よって、また食いたいのは山々だが健康のためにやめておこうと私は誓った。しかし、食いたい。どうしても食いたい。あのボッテボテの太麺、タマネギのシャリ感、ソーセージの皮は赤かった。降り積む雪のごとく粉チーズをかけ、タバスコも雨のごとくに。

この間の私の心境をたとえて言うなら、幽鬼と知りつつ下駄の音を待ちこがれる、『牡丹灯籠《ぼたんどうろう》』の新三郎であろうか。

しかし待っているだけの新三郎はまだしもマシである。私にはどうしても渋谷に出なければならぬ所用がある。やがてその日は、カランコロンと迫る下駄の歯音のようにやってきた。

渋谷に行ってナポリタンを食わずにすむ方法。

① 自宅で昼食をすませてから出かける。

甘い。あのナポリタンは別腹に決まっている。

②　電車を使わず、車を運転して行く。

もっと甘い。街なかの高い駐車場代を払ってナポリタンを食うだけ。

③　早起きして『ゲーテ詩集』『若きウェルテルの悩み』『イタリア紀行』などを読み、おのが本分を自覚する。

高次元に甘い。ゲーテが「ナポリを見て死ね」と言うのなら、私は「ナポリタンを食って死ね」と思うばかりである。

そこまで考えてふいに閃《ひらめ》いた。牡丹灯籠の新三郎は、たしか幽霊除けのお札を貼りめぐらして難を避けようとしたのではなかったか。

いや、何もナポリタンを悪く言うつもりはない。ナポリタンに恋いこがれる煩悩を滅《ほろぼ》したいのである。むろんナポリタン除けのお札などあるはずはないが、それに代わる効能を持つものがあった。

先日ついつい衝動買いしちまった『アルマーニ』のトレーナー。まばゆいほどの純白で、しかもいつ下ろそうかと悩むほど高かった。これこそナポリタン除けのお札だと考えたのである。

妙案であろう。念には念を入れて、パンツも白。マスクも白であるから見ようによっては奇怪なジジイである。たしか牡丹灯籠の新三郎も、お札を貼りめぐらし白無垢《しろむく》の着物で経文を唱えていたはずだ。

午後一時、定刻通りに渋谷着。この身なりで食うものといえば、回転寿司かサンドイッチがせいぜいのところであろう。

と満を持して井の頭線の改札口を出たとたん、私はこの世のものとは思われぬ強い力に引き寄せられて、あらぬ方向へと歩み始めたのであった。

ゲーテが耳元で厳かに囁《ささや》く。「ナポリタンを食わずして死するなかれ」と。

かくして大盛完食。かわいそうなアルマーニ。

灼熱のドッペルゲンガー

本稿が掲載されるのは九月号であるが、編集の都合上この文章は七月上旬に書いている。

月刊誌連載の難しさである。日本語の随筆とは、古人いわく「心にうつりゆくよしなしごとをそこはかとなく書きつく」るものと承知しているのに、実は正確な季節を書くことができない。

というわけで、たぶん秋風の立っているであろう昨今、暑熱について蒸し返させていただく。

六月下旬の「前倒し熱波」はすごかった。さっさと梅雨が明けちまったあと、六月二十五日の東京の最高気温は三十五・四度。その後一週間以上は遠慮会釈もなく三十五度、六度の日が打ち続き、七月一日にはついに三十七度を記録した。

たびたび書いているが、私はすこぶる暑さに弱い。かつて一流サウニストであった時代も暑熱には弱かった。ということはおそらく、湿潤な暑さが苦手なのであろう。そう考えれば東南アジアのリゾートにはほとんど行っていないことにも説明がつく。

まだ六月である。例年であればさわやかな初夏、もしくは梅雨寒であるから、Tシャツやショートパンツの用意もなく、何よりも心の準備ができていなかった。そしてまずいことには、コロナの感染者数も小康状態であったから、「あまり暑くならないうちに」あれこれ用事を入れてしまっていたのである。

駅頭は閑散としていた。宅地開発が早くなされた地域であるので、住民は高齢化しており、廃屋なども多い。東京近郊の衛星都市でも、過疎化とまでは言えまいがそうした現象は起きているのである。

暑い。熱い！

けっして声には出さず色にも表さず、私は灼熱《しゃくねつ》の駅前広場を歩いた。きょうび銀行振込はスマホでもできるらしいが、きょうびの人間ではない私にはできぬのだから仕方がない。

暑い。熱い！

タンスの底から急遽《きゅうきょ》引っ張り出したTシャツとショートパンツ。キャップをかぶればあんがい若い。と思うのは気のせいで、要するに郊外の町が高齢化しているから、そう錯覚するのである。たとえば、電車に乗って渋谷や新宿に行けば、たちまち玉手箱を開けちまった浦島太郎のように老けこむし、帰りにふたたびこの駅に降りたとたん、明らかに若返った気分になる。

暑い。熱い！　あーつーい！

愚痴は言うまい。叫んだところで涼しくなるはずもないのだ。

と、そのとき奇妙な風体の人物とすれちがった。長ズボンに長袖のブルゾンをきっちり着こみ、厚手のハットをかぶってリュックサックを背負った老人である。

しばらく歩いてから私は振り返り、これは殆《あやう》いと思った。六月の暑熱を信じていないのか、衣類の用意がなかったのか。いや、車内や店内の冷房が苦手で、ブルゾンを着たまま脱がずに歩き出したのではあるまいか。

子供の気持ちは大人ならわかるが、ジジイの気持ちはジジイにしかわからんのである。当たり前である。誰だってもとは子供だったが、かつてジジイだったというやつはいない。

「おじいさん、おじいさん」

ブルゾンの背中に追いついて私は呼びかけた。おじいさんがおじいさんをおじいさんと呼ぶのも妙だなと思いつつも、ほかに適切な呼称はなかった。「旦那さん」や「ご主人」はとうに死んだ日本語に思えるし、「おとうさん」でもよかろうが、見た目はまちがいなく「おじいさん」なのである。

耳もいくらか遠いらしく、何度か呼びかけて老人はようやく立ち止まった。

「はい、何でしょう」

「いえね、要らぬ節介かもしれませんが、上着は脱がないとお体に障るんじゃないかと。ほら、熱中症っていうやつ」

実に要らぬ節介である。老爺心である。しかし私はこうした場合に、他人事《ひとごと》として看過できぬ気性なのである。

私には見知らぬ人の生活を想像する癖があって、そのとき勝手に構築したストーリーは、「妻に先立たれて悲しみにくれている老人」であった。

ところが、老人は毅然《きぜん》として答えるのである。

「いや、ご心配なく。家は近いですし、脱ぎゃあ脱いだで荷物になりますしね。あなたこそ、その格好で冷房の入ってるところと外を行ったり来たりして、具合が悪くなりませんか」

おたがいマスクをかけているので、年齢はわからない。声も似たものになる。謙虚を装いながらひそかにカウンターパンチをくり出すのは私の得意ワザである。そう思うと、彼の着ているブルゾンが梅雨寒に備えて買ったままついに袖を通さなかった、『NOLLEY'S』であるような気がしてきた。

ちなみに同ブランドは七十翁が着るにはちと痛いが、実は狙っていると思えなくもない。

灼熱の路上で私の妄想はあらぬ形に膨らんだ。

ドッペルゲンガー。私の分身。

考えたとたん老人の風体をそれ以上確かめるのが怖くなり、私は「失礼しました」と言って立ち去った。

しばらく歩いておそるおそる振り返ると、老人の姿はどこにも見当たらず、ひとけのない駅頭には陽炎《かげろう》が立つばかりであった。

妄想はさて置くとする。

ジジイになったためしのない読者のために、あえて「ジジイと熱中症」について語ることは意味があろう。また、ここで言う「ジジイ」にはむろん女性も含まれる。

ジジイが物心ついたころの東京にはエアコンなどなかった。エアコンという言葉すらなかった。「冷房装置」もしくは「ルームクーラー」である。それらを体感するためにはデパートか銀行に行かねばならなかった。映画館の天井には扇風機が回っていた。

そのような時代に幼少期を過ごしたジジイたちにとって、今日でもエアコンは特別の存在なのである。

とても高価であり、電気代もかさむ。そうした事実と相俟《あいま》って、「体に毒」という説は昔からあった。しかし当時の暑さは知れていたのである。昭和三十年から三十一年の気温を精査すると、暑い日でもせいぜい三十一度か二度、それも今日のように打ち続くわけではない。つまり、なけりゃないでもよかったから、「無用の贅沢品」転じて「体に毒」という話になったのであろう。

だが、きょうびの暑さはエアコンなしではとうていしのげない。必需品である。それでも「体に毒」を刷り込まれて育ったジジイは、就寝時にエアコンのタイマーをセットしてしまう。

さらには、「体は冷やしてはならず、温めねばならない」という東洋医学の基本まで刷り込まれているのである。

かにかくに、エアコンを低めに設定した晩、夏カゼをひいた。ＰＣＲ検査の結果は陰性であったが、なかなか熱が下がらず、たいそうつらかった。

ステロイド・ハイ

今回も月刊誌エッセイの禁忌を踏んで「続篇」を書く。

はっきり言って、エッセイだろうが小説だろうが話はたいがい尻上がりに面白くなり、読者を納得させる自信はある。悪行が祟《たた》って来世は畜生に生まれ変わるとしたら、きっと追い込み馬であろうと思う。

禁忌を踏む責任上、あっさりと前回の梗概《こうがい》を記しておこう。連日記録的な暑さが続いた夏の出来事である。冷房と暑熱の往還で感覚の鈍麻したらしい厚着の老人に忠告をしたら、もうひとりの私だったという話である。題して「灼熱《しゃくねつ》のドッペルゲンガー」。

私のエッセイにしてはやや尻上がり感が物足らぬ、とお思いの読者はおられるであろう。そこでラスト二行。

「かにかくに、エアコンを低めに設定した晩、夏カゼをひいた。PCR検査の結果は陰性であったが、なかなか熱が下がらず、たいそうつらかった」

話はここからなのである。まこと思いも寄らぬベクトルで、私の肉体は疾走したのであった。

さて、どのように「たいそうつらかった」のか。

コロナ陰性ということは夏カゼである。しかし解熱剤を服用し頭を冷やし続けても、三十八度超の熱は引かなかった。ちなみに私は平熱が三十五度台の冷血人間であるから、三十八度ともなると相当こたえるのである。ほとんど霍乱《かくらん》の体《てい》であった。ついに体温が四十度に至り、申しわけないと思いつつもコロナ対応に忙しいホームドクターに連絡した。ドクター即答して曰く、再検査をするのですぐにいらっしゃい、と。

しかるに結果はやはり陰性。そこでレントゲンとCTを撮ったところ、あろうことか左肺が真ッ白に潰《つぶ》れていた。すなわち、非コロナの肺炎である。どうりで熱が下がらず、呼吸も苦しかったはずだ。この際、呼吸器科を備えた病院に緊急入院しなければならぬのだが、折悪しくコロナの感染爆発第七波とやらで、どこもベッドの空きがないうえ救急車も出払っているという。それでも病院スタッフのみなさんが八方手を尽くして下さり、隣町の総合病院に入れていただいた。

スパゲティ状態のまま三日間、熱はいくらか下がったが咳《せき》も倦怠《けんたい》感も取れぬ。病原が特定できないので有効な抗生剤を投与できぬ。そうこうするうちに宿痾《しゅくあ》の狭心症の発作などに襲われ、浅田ピンチ。

この病院もやはりコロナ対応に忙殺されていた。担当医はどう見ても三日間泊まりこみである。そこで私はさらに隣町の大学病院に再転院の運びとなった。つまり、発熱外来を振り出しにつごう四軒の病院を二度の救急搬送で巡ったのである。

夏カゼをこじらせたあげくの肺炎というのは、何だか世間様にものすごく迷惑をかけているような気がしてならなかった。ありがたいけど、申しわけない。

かくして担ぎこまれた大学病院は先進の設備を有し、例えは悪いが極楽浄土もかくやはと思われた。しかもこうとなっては差額ベッド代などどうでもよろしいので、高層病棟の最上階にある、たいそう立派な病室に入れていただいた。ただしコロナ禍中につき家族は同伴できぬ。もしやこれが今生の別れかと思えば、苦しいうえに悲しい。

ただちに治療が開始された。ステロイド投与。ああ、それは聞き覚えがある。

スポーツ選手のドーピングに使われる薬品だ。へえ、肺炎に効くのか。

ステロイドは副腎皮質ホルモンの一種で、身近には湿疹や皮膚炎の外用薬として配合されるように、すぐれた抗炎症作用を持つ。つまり私の場合は、病原が特定できず抗生物質による根本治療はできぬが、ステロイドによって肺の炎症を鎮《しず》めようという作戦であった。

効果は劇的であった。一夜に大汗をかいて熱が嘘《うそ》のように引いた。咳は残ったが気分はすこぶる爽快であった。

さよう。実にすこぶる爽快。そしてそのここちよさの怪しいことには、十階の病室から遠望する奥多摩の山々が、どうしてもダイヤモンドヘッドに見えるのである。足元に拡《ひろ》がる武蔵野の緑が、ワイキキの青い海としか思えぬのである。窓を開ければ吹き寄するシーブリーズ。

一瞬、死んだかと思った。そうでないならきのうまで青息吐息であったおのれが、なぜホノルルのコンドミニアムにいるのだ。いかん。『蒼穹《そうきゅう》の昴《すばる》』シリーズ全二十巻、完結篇を書き始めたとたんに絶筆か。

しかし、そうは思っても私は得も言われぬ多幸感と高揚感に満ちているのである。発熱以来、食物をまるで受け付けずに不測のダイエットをしちまった体も、骨を軋《きし》ませながら動こうとしていた。

むろん極楽浄土ではなかった。ハワイのコンドミニアムでもなかった。種明かしはステロイドの副作用である。

ドーピングの薬剤として用いられてきたのは、身体活動を活発にし、精神も高揚させる効果が顕著だからである。ステロイドはすぐれた抗炎症剤にはちがいないが、今なお未知の部分も多く、さまざまの副作用が現れるらしい。

そののち数日の間に、奇妙な躁《そう》状態はいや増していった。しかしどう考えても、わりなき幸福感なのである。一時の苦痛からは免れたにせよ、発熱以来八キロも痩《や》せたこのザマの、好もしかろうはずはない。

それでも世界はバラ色なのである。視界良好、嗅覚触覚はふだんよりずっと敏感、食欲は旺盛で大嫌いな鳥肉までおいしくいただいた。なおかつ頭が妙に回転して想像が飛躍し、次々と思いうかぶ文章や物語をメモするのに忙しくなった。

一方、マイナスの副作用も出現した。血糖値が上昇してインスリンを投与した。覚醒作用により、夜は切れぎれにせいぜい三時間程度しか眠れず、かと言って昼間も睡気《ねむけ》は兆《きざ》さない。これで体が持つのかと思いもするのだが、大麻や覚醒剤でハイになっているわけではない寝たきり老人なのだから、どうかなるというものでもないらしい。

かくして、ここが浮世だかあの世だかハワイだか東京郊外だかよくわからぬまま退院した。入院期間は三週間に及んだ。

絶対禁足の自宅療養は今も続いている。ステロイドの重大な副作用として、免疫力が低下し、かつ血栓が生じやすいからである。そもそも非コロナ型肺炎なので感染は怖い。かつ狭心症に血栓が生じれば心筋梗塞となり、命取りになりかねぬ。

それでもこうして原稿を書いているのだから、まことに都合のよい職業と言うほかはない。ただし、ステロイド・ハイの原稿になっていやしないかと、読み返すのがためらわれる。

さて、ドーピングには当たるまいが、勢いを駆ってシリーズ完結篇の執筆にかかるかどうか、いや薬の力を借りて小説を書くなど言語道断、作家的良心に悖《もと》るであろう。

あ、いかん。こんなふうに考えるなんて、やっぱりステロイド・ハイ。

振り返る人

縁の薄かった父母からは何を教えられた憶《おぼ》えもない。当たり前の行儀作法も他人から学んだか、見よう見まねである。よっていまだ言動には品性を欠く。それも若い時分には指摘してくれる人もあったが、年とともにいなくなり、今やよほど野放図なジジイであろうと思う。

秋雨を聴いていると、ふいに母の声が耳に甦《よみがえ》った。

(男が振り返って手を振ったりするもんじゃあないよ。みっともないったらありゃしない)

男と女が住み分けていた時代の人には、そういう美学があったのだ。たとえ母と息子であろうと、男がいったん立ち去ったあと振り返って手を振るなど、いかにもなごり惜しげで見苦しいらしい。要するに、男は潔くなければならぬ、という意味なのであろう。

たぶん母と私は久しぶりに会って、食事をするか喫茶店で語り合うかした。

夜の盛装をこらした母は、息子の私が誇らしく思うほど美しかった。そして小遣いをふるまわれて別れる段に、私がお愛想で振り返り手を振った、というところであろう。

だがこの場面にはひとつの疑問が残る。私のうしろ姿を、母は見送っていたことになり、それはそれで昭和の夜の片隅にふさわしい場面なのであるが、実はまるでちがうものではなかったろうかと、このごろ考えるようになった。つまり、男と女が住み分けていた時代には、男が振り返ってはならぬのと同様に、女は黙ってうしろ姿を見送るのが礼儀とされていたのではあるまいか。

いずれにせよ、めったにない母の叱責がよほど骨身にしみたのであろうか、以来私は人と別れるとき振り返ったためしがない。

しかし、旅先では振り返り続けるのである。旅行者の心得として。

そもそも旅というものは「停止」と「行動」のたゆみない連続であるから、絶えず忘れ物に注意しなければならぬ。まして航空機や新幹線で移動する今日の旅は、高速化された分だけかえって「静」と「動」の時間が不規則となり、まちがいが起きやすい。

そこで、必ず振り返るのである。むろんこうした心がけに至るまでには、セッカチな気性もあって何度もまちがいを犯した。旅先の忘れ物は戻らない。しかも旅のお伴《とも》であるから日ごろお気に入りの品物である。旅先の忘れ物は忘れがたい。

いまわしい記憶ではあるが、思いつくままに書いてみよう。

まだ四十代のころ、初めて誂《あつら》えた老眼鏡をパリ行きの機内に忘れた。当時のエースであったボーイング747、通称「ジャンボ」の二階席である。この機体は大きい分だけ座席まわりにも余裕があり、小物を収納するスペースがあちこちにあった。まして初めての老眼鏡であるからなじみもなく、まだ必需品というほどでもなかったので、ホテルに入って荷物の整理をするまで気付かなかった。

メガネといえば、ナポリのピッツェリアのテーブルにサングラスを忘れた。おそらく旅先の忘れ物の代表選手であろう。日常生活でサングラスはかけないが、紫外線の強い外国では使いたくなる。日ごろ使用していないものは忘れやすいのである。

ホテルのセーフティーボックスに、エアチケットを忘れるという大事件もあった。チュニジアのチュニスからモロッコのカサブランカ行き、一日一便しかなかったので空港では大騒ぎになった。ゲストルームの金庫はたいていワードローブの中にあるから、振り返っても目に入らない。安全のためのセーフティーボックスが実は危険。ちなみにこの出来事以来、私は必ずエアチケットのコピーを財布に入れておくことにした。

と、このように旅先の忘れ物をたどれば、おそらくキリがないであろう。ただし旅のロマンチックな記憶は、ちょっとしたエラーなどたちまち被《おお》い隠してしまうので、旅人は学習経験を積めずに忘れ物をくり返す、とも考えられる。

面倒な話ではあるまい。「停止」から「行動」に移るとき、「静」から「動」に変わるとき、振り返るだけでよいのである。飛行機から降りるときは座席と収納スペースを、タクシーではシートを、ホテル出発の折にはゲストルームを、レストランやカフェでは座っていた場所を振り返る。

そう、ほんの一秒か二秒。しかしなぜか常に気の急《せ》いている旅先では、この簡単な一手間が難しい。

つらつら思うに、私たちは旅先ばかりではなく日常生活においても、さしたる理由なく追い立てられ、急き立てられているのではあるまいか。いわゆるデジタル社会に移行してこのかた、私たちは立ち止まって振り返ろうとせず、ただちに次の行動に移っているように思えるのである。

あわただしく生きる理由はない。時間そのものが変わったはずもなく、その時間の中に生きる人間が変質した。空白は埋めつくし、少しでも余分なことは省略して次なる行動に移る。たとえそうすべき理由がなくとも、急げ急げと自分自身に命じている。そして通園バスの車内を振り返らなかったばかりに、閉じこめられた幼児が熱中症で亡くなるという悲劇が一度ならずも起こってしまった。

しかしこの件については、当事者の責任を問う前に私たちの生きる社会の実像について考え直す必要があると思う。いわゆるデジタル社会への急速な移行に伴い、みながみな振り返る余裕をなくした世の中についてである。私たちは得体の知れぬ何ものかにいつも追い立てられ急き立てられして、本来欠くべからざる必須事項を知らず省略してしまっているのではなかろうか。そして怖《おそ》ろしいことに、私たちがかくもあわただしく生きる場所は旅先ではなく、日常の社会なのである。

乗物から降りるとき、席を立つとき、「停止」から「行動」に、「静」から「動」に移るときは必ず振り返る。日常の所作ばかりではなくすべての心がけとして。デジタル社会は殆《あやう》いほど拙速に過ぎるのである。

奔放に生きたようで昔気質《むかしかたぎ》の女であった母は、やはり私のうしろ姿を見送っていたのであろう。

秋雨を聴くうちにふと思い出したからには、同じ季節のたそがれの街角であったのかもしれない。

男がどうの女がこうのと、かくも安直に書いただけでも問題になりそうな時代を、母ならばどう評しただろうと思う。

そして情けないことに、若々しく美しいまま死んだ母を、私は今もこうして振り返り続けている。

鞄の中身

旅慣れている人は荷物が少ない。

かく言う私も、毎月のように海外出張していた時分には、機内持ち込みできるサイズの鞄《かばん》ひとつで出かけたものである。

しかもその鞄の中には、常に「旅行キット」とでも言うべき一揃《そろ》いが入っていて、季節が逆転する南半球にでも行かない限りは、改まった旅仕度もしなかった。

出発当日にエアチケットとクレジットカードとパスポートだけを確かめてレッツゴー！　必要な品物は現地調達。なるべく使い捨て。みやげは買わない。旅は身ひとつがいいと考えていた。それでも何かがなくて困ったという記憶がないのは、そもそも私が若くて身軽だったからなのだろう。

なるほど、年齢とともに旅の荷物は増えた。現地の知人と高級レストランで会食となれば、スーツと革靴は必要である。さらには、公式のパーティーや大使館での晩餐《ばんさん》会に招かれるとなると、必須ではなくとも心得としてタキシードを着て行きたい。何を大げさなと思われる向きもあろうが、諸外国、わけてもヨーロッパ諸国では「小説家」という職業に対する敬意が篤《あつ》いので、こちらもそれなりに「作家的ビヘイビア」を心がけねばならぬのである。

かくして身ひとつの旅など今や昔、いつの間にか大きなキャリーバッグをゴロゴロ曳《ひ》いて歩き回るはめになった。

むろん、旅の荷物が多くなった理由は、作家的ビヘイビアばかりではない。はっきり言って、齢《とし》を食うと誰だって荷物が増えるのである。

先日、京都に向かう新幹線の車内で、一泊二日の国内旅行にキャリーバッグを使用しているおのれを怪しんだ。

軽くて丈夫で、キャスターが滑らかなきょうびのキャリーバッグは、ここだけの話だが杖《つえ》がわりなのである。つまり、ゴロゴロ曳いて歩いているのではなく、キャリーバッグにすがって歩いていると言ったほうが正しい。想像力を欠く若手担当編集者は、しばしば「お持ちしましょう」とか言って把手《とって》を奪おうとするのであるが、まこと大きなお世話である。

ちなみに、現在使用中のものは『MUJI』の最小型ハードキャリーで、小さいながら頑丈なロックもキャスターのストッパーもついており、しかも廉価である。むろん杖がわりにはもってこい。

病み上がりでもあるし、以上の理由によりこれを持ち歩くのは当然なのであるが、問題は鞄の中身。「よっこらしょ」と声を上げて荷物棚に上げるほど重く、しかもキャリーバッグのほかにブリーフケースまで持っているではないか。要するに、かつての身軽さとは比ぶるべくもない大荷物を怪しんだのであった。

おい、たった一泊だぞ。しかも時節は着る物に過不足を感じぬ秋の旅行シーズンである。忙しい仕事も持ち込んではいないから、PCとは無縁の手書き作家はいよいよ荷物が少ない。

さらには、旅の目的がたいそういいかげんであった。東京国立博物館で開催中の『国宝　東京国立博物館のすべて』をぜひとも見たいと思っていたところ、コロナ禍につきチケットはすべてネット予約というではないか。そういう器用なことができるくらいなら、とっくにPCで原稿を書いている。編集者に頼んで妙な借りを作るのはいやだ。コネを使うのは卑怯者である。そうしてアッタマに来た私は、折しも京都国立博物館で開催中の『京《みやこ》に生きる文化　茶の湯』

を見に行こうと決めたのであった。

さては思い立っての出発であったから、携行品の選別が甘かったのか、と私は荷物棚を見上げながら考えた。


麩屋町通《ふやちょうどおり》の常宿に入るや、ただちに鞄の中身を点検した。

文庫本が三冊。これは仕方がない。読書習慣のある旅行者は書物を多めに持って行かねば落ちつかぬ。ことに海外旅行の場合は、機内や旅先で読む本がなくなったらどうしようと思うのである。かさばらぬ文庫本。それもたった三冊にとどめたのは、一泊二日国内旅行の見識と言えよう。

薬。かつて旅行に持ち歩いた薬といえば、整腸剤くらいのもの。それが何だ、このザマは。持病である循環器系が八種、急病だった呼吸器系の予後治療薬が三種。さらには、解熱剤、鎮痛剤、胃薬目薬、入眠剤、ビタミン剤、痒《かゆ》み止めまで。誰が入れた。俺だ。

ちなみに、私は陸上自衛隊奉職以来、自分のことはほとんど自分でするのである。旅仕度なんぞに家人の手を煩わせた憶《おぼ》えはない。亭主にするなら手のかかる東大出よりも、始末のよい自衛隊出のほうがいいに決まっている。

着替え。もしかしたら京都は冷えるかもしれぬ、という危惧《きぐ》のせいで着るはずのないセーターが入っている。それはともかくとしても、「ヒートテック」のタイツとシャツまで。果ては携帯用のレインコートと折り畳み傘。こんなものまで誰が入れた。俺だ。

下着に至っては一泊ならば上下各一枚でよかろうに、パンツだけ三枚も入っているのはなぜだ。答えは自明である。つまり私は始末がよいのである。

内容物を座敷に並べてみれば、今さらながら最小型ハードキャリーの収納力に驚かされる。物がいっぱい入っちゃう杖、というのはすごい。そしてふしぎなことに、それらの品物のほとんどは、十年前の旅行には持ち歩かなかった。

「どないしやはりましたん。何かお忘れ物どすか」

腕組みをして開陳された荷物を眺めている私を、仲居さんが怪しんだ。この宿はいつも同じ仲居さんが世話をして下さるので、気心は知れている。

「いや、このごろ荷物が多くなったと思ってね。齢でしょうか」

よそ行きの言葉で答えた。どんなときでも作家的ビヘイビアを繕わねばならぬのは、あんがいつらいものである。

その夜、紅葉の兆しもない秋の庭を見ながら考えた。

旅の荷物が増えるのは、いったいどうしたことであろう、と。

経験の蓄積によって用心深くなるのだろうか。あるいは、体力にも思考力にも自信がなくなったせいだろうか。事故や災害などの万一を考えてしまうのかもしれない。

ましてそれは旅に限った話ではない。べつに旅人ではなくとも、街なかのご同輩の多くはリュックサックを背負い、キャリーバッグを曳いて歩いている。その中身についての想像には意味があるまい。それぞれの人生が詰まっているのだから。

ふと、明日は昔のように身ひとつで京都の町を歩いてみようと思った。きっと、ちがう風景が見えるはずだ。

煙花三月　揚州に下る

日本食はヘルシーである、といわれている。

おそらく世界共通のイメージであろう。日本人の長寿も食生活のたまものと考えられているらしい。

ま、わからんでもない。他国の料理に比して糖質は多いと思えるが、脂質が少ないのは明らかである。そのうえ一人前の定量がちがう。たとえばイタリアのスパゲティも中国の麵も、本場の量はまず日本の一・五倍、ステーキならば日本では二五〇グラムがせいぜいだが、アメリカでは四〇〇グラムがレギュラーサイズ。もともと小食な民族の料理なのだから、一人前の量からしてもすでにダイエット食といえるのである。

さて、私がしばしば訪れる国といえばまず中国、次いでアメリカ、ヨーロッパならばイタリア。それぞれ渡航目的は異なるのだが、どうしたわけか先に挙げた大食漢の国々である。むろん食べることが旅の目的ではない。

よって、今よりもむしろ食の細かった若い時分は、まずそれらの量の多さに辟易《へきえき》したものであった。しかし、以来次第に外国慣れして胃袋も拡張されたらしく、このごろではてんで苦にならぬ。ということは、国内にあっては一人前の食事がまるで物足りず、どう見たって日本人のジジイなのに胃袋だけ外国人になってしまった。始末におえぬ。

そんな私が、まだ未熟な旅人であったころの話である。

日中交流事業の委員として中国を訪れた。かの国の例にならって到着した夜は熱烈な歓迎の宴、翌日は会議のあと日本側主催の返礼宴会。三日目は北京から江蘇省揚州市に移動して、また同地における歓迎宴会、最終日は会議をおえてからやはり返礼の宴。

要するに毎日が宴会である。下戸の私は中国流の「乾杯《カンペイ》」にも一切付き合わぬが、そのぶん周囲が気遣って料理をあれこれ運んで下さる。そうして四日目の晩餐を迎えたころには、すっかり食傷してしまった。

のちに思えば、過食のうえ油に当たったのであろう。私たち日本人は総じて胃袋が小さく、かつ脂質の分解が不得手であるらしい。

「お疲れですか？」

そう言って私の顔色を窺《うかが》ったのは、中国側委員のひとりで、宴席は常に私の隣であった大学教授である。

昼間の会議ではいちいち意見の対立する論敵。毎晩の宴席が定めて隣り合わせというのは配慮にちがいない。

しかしこの教授は、ものすごくいい人なのである。私が下戸だと知るや、みずから料理を取り分けて、さあ食えそら食えと勧めてくれたのは彼。だにしても、まさかあんたのせいで具合が悪くなったとは言えぬ。

「いや、ご心配なく。風邪ぎみで食欲がありません」

すると教授は、何もそこまでというほど驚いて執拗に症状を訊《たず》ねるのである。中国人にこのタイプは多い。他者の悩みごと、わけても体の変調について親身になってくれる。ありがたい。だがクールな日本人にとっては少々面倒くさい。

こと細かに問診したあと、「ちょっと待ってて下さいね」と言い置いて、教授は宴会場の厨房《ちゅうぼう》に消えた。ちなみに、彼は医師ではなく政治学者である。

ハテ、どこへ行っちまったんだろうと気を揉《も》み始めたころ、教授は大きな茶碗を手ずから盆に載せて戻ってきた。ウエイターがおろおろと後をついてくる。

ありがたい。だけど面倒くさい。

「よろしいですか。中国でかかった病気は、中国の薬でなければ治りません。日本から持ってきた薬をいくら服《の》んでもムダです」

と、しきりに指を振りながら、中国風に断言する。たしかに旅行常備薬の風邪薬も胃腸薬もまったく効いていなかった。

茶碗の中には正体不明の真っ黒な液体が満ちていた。

「厨房にある材料で作ってきましたからご心配なく。苦いけどがまんして服んで下さい」

いまだにその薬湯の正体はわからぬ。しかし、たしかに苦かったけれどあらふしぎ、服んだとたんと言ってもいいぐらいたちまち、胸の不快感が消えた。風邪ぎみに加えて消化不良と油当たり、そうした複雑な症状に卓効を顕《あらわ》したあの薬湯は、いったい何だったのであろう。

翌朝、ビュッフェスタイルの朝食会場で教授と同席した。

「おかげん、いかがですか」

答えるまでもなく、私のプレートは満艦飾の中華料理で溢《あふ》れていた。

「おかげさまで、ご覧の通り」

「ぐっすりお休みになりましたか」

「いや、このごろちょっと寝付きが悪くて。旅先ではことに」

「それはいけませんね。健康の秘訣はよく食べてよく眠ることです。わかりました、お任せ下さい」

教授は食事を中断して、ナプキンの上に何やら絵を描き始めた。たぶん、中国流の安眠術のようなもの。ありがたいけど面倒くさい。

「えーと、よろしいですか。まず、ベッドの上に長い枕を三つ」

ふつうのサイズをいくつか用意してもかまわないそうである。長い枕なら頭に一本、両脇に二本。つまり左右に抱き枕を据え、寝返りを打っても同じ格好になるようにする。

「それで、寝るときはなるたけ楽しい想像をします」

「ふうん、楽しい想像ねえ」

「文学とか政治問題とか、悪い記憶とかはダメですね」

「未来は」

「おたがいそれほど若くはありません。今だけ。今の想像だけ」
学者と小説家はゲラゲラと笑った。

揚州の歴史は漢代以前にまで溯《さかのぼ》り、隋代以降は大運河の港として栄えた古都である。鑑真和上《がんじんわじょう》ゆかりの地としても知られ、清代には南巡した乾隆《けんりゅう》大帝がしばしば揚州にとどまってその風光を嘉《よみ》した。

故人西のかた　黄鶴楼《こうかくろう》を辞し
煙花三月　揚州に下る
孤帆の遠影　碧空《へきくう》に尽き
唯見る　長江の天際に流るるを

その日、乾隆帝の御召し舟を模した遊覧船で揚州を巡った。折しも雨もよいの空ではあったが、ならばなおさらのこと景観の美しさは李白の詩に如《し》かぬ。
そしてその晩ぐっすりと眠った。ふしぎな薬湯の前例もあるので、ものは試しとホテルのベッドに枕を並べ、あんがい簡単な「楽しい想像」をしたところ、眠り薬でも盛られたんじゃないかと疑うくらい熟睡したのである。

おまじないの類《たぐい》ではないと思う。両側に抱き枕という配置が安息を約束するのであろうか。

朝食の席でお礼を述べようと思っていたが、教授は北京で講義があるとかですでに揚州を去っていた。

ハッピー・ジェネレーション

前々から、そうなんじゃないかと思っていた。

ハッピー・ジェネレーション。一九五一年すなわち昭和二十六年生まれの私は、たぶん日本史上最高の、いやもしかしたら人類史上最高の幸福な世代なのではないか、と。

確信を抱いたのはコロナ禍においてである。令和五年に算《かぞ》え七十三歳、癸《みずのと》卯《う》の年男となるご同輩は、当然のことながらコロナが流行し始めたころにはほぼ全員がリタイアしており、家で穴熊を決めこんでいても何ら問題はなかった。そのせいか東京に住まっていながら、感染したという友人を知らない。

多くの場合は配偶者との二人暮らしで、子や孫の一家とは別居している。食料の買い出し以外には、さしあたって外出の必要がない。

予防医学の見地からは、圧倒的に有利な私たち。もしやハッピー・ジェネレーション。

そう気付いてわが人生を顧みれば、いわゆるバブル景気のころにいい思いをしたのは私たち。それ以前も高度経済成長が長く続き、物価は上がったが所得はさらに伸びた。進学も就職も今の人に比べればずっと楽で、人並の努力をしていれば何とかなった。

さらに記憶を溯《さかのぼ》れば、一九六四年の東京オリンピックの折は中学一年生。平和と繁栄を体感したまさしくエポックメーキングであった。

私たちより三つ四つ年長のいわゆる団塊世代は、幼少時に食糧難を経験している。しかし私たちの世代になると、個別の事情はともあれ社会全体においては、もはや飢える時代ではなかった。小学校で給食が用意されるようになったのも、おそらく私たちの世代からであろう。

要するに私たちは、戦後復興とそれに続く高度経済成長の申し子であった。よってこのハッピー・ジェネレーションのおじいさんおばあさんは、消耗していない分だけ元気で、かつ健啖《けんたん》で活動的なのである。孫にはひた隠しているが、おじいさんはたいてい上手にギターを弾く。おばあさんはスマホで「60年代洋楽」をひそかにダウンロードし、英語の歌詞を唱和している。

むろん私もその一人であるが、年寄りのイメージというのはすでに固定化しているので、「善良なおじいさん」を装うのは実に簡単。

つまり、そうした私たちが隠居したとたん、入れちがいにコロナがやってきた。ハッピーというより、ラッキー・ジェネレーションと呼ぶべきかもしれぬ。

ところで、そうした私たちが生まれた昭和二十六年とはどんな年だったのであろう。

一月三日　第一回NHK紅白歌合戦。旧東京放送会館第一スタジオからのラジオ生放送。前年に勃発《ぼっぱつ》した朝鮮戦争の特需で好景気となる。
四月　マッカーサー元帥解任。この年、続々と公職追放が解除。
七月　第一回プロ野球オールスターゲーム開催。
九月　対日講和条約調印。同日、日米安全保障条約調印。同月、黒澤明監督の『羅生門』がベネチア国際映画祭でグランプリに輝く。
十月　力道山が国際プロレス大会に初出場。同月、民間航空再開。『日本航空』一番機が羽田を離陸。
十二月　クリスマスイブのダンスホールは終夜営業。一方、大手百貨店『三越』労組は都内三店舗で四十八時間のストライキに突入。「三越にはストもございます」という流行語は傑作である。

さて、このように世の中の出来事を並べてみると、ずいぶん自由で溌剌《はつらつ》とした年であったらしい。いかにもハッピー・ジェネレーションが生まれた年、という気がする。

終戦からわずか六年を経て生まれた私たちは、今の若者たちと同様、戦争を遠い昔話のように考えていた。そうした歴史認識は子供も孫たちも同じであろう。つまり、七十八年にわたる平和によって今やほとんどの国民が、同じ世界観を持っていると言える。

昭和二十六年の新聞縮刷版を拡《ひろ》げたついでに、大正十三年の記事を読んだ。一九二四年。すなわち父の生まれた年である。
東京は前年九月の関東大震災で壊滅。復興の槌《つち》音の中で父は生まれたことになる。
一月　清浦奎吾内閣成立。政権の支持をめぐって政友会が分裂するという波瀾《はらん》の幕開け。同月、摂政宮裕仁親王ご成婚式。
四月　イタリア総選挙でファシスタ党が圧勝。ムッソリーニの独裁体制開始。

五月　第十五回総選挙で護憲三派が大勝。与党政友本党は政権交代を余儀なくされる。
六月　加藤高明内閣成立。このころから米国の排日運動を批判する記事多し。
九月　震災時の大杉栄殺害の報復として、無政府主義者が元戒厳司令官福田大将を狙撃。同月、嗜眠《しみん》性脳炎が全国で流行。死者三三一〇人。眠ってばかりいる病気か。何だか怖い。
十一月　孫文が神戸において演説。アジア諸民族の団結を強調。このころから学生軍事教練反対運動が起こる。ちなみに学校における軍事教練は軍国主義への傾斜というより、軍縮の時代に居場所のなくなった将校たちの救済策であったらしい。

いやはや、暗い時代である。と言うより、ジャーナリズムが社会をそうした目で見てしまっている。明るいニュースは控え目に報道され、暗い話題がことさら紙面を占領しているのである。

さて、このような時代に生まれ合わせた父は実に不幸な人生を歩まされた、アンハッピー・ジェネレーションと言える。三年後の昭和二年には金融恐慌。続いて張作霖爆殺事件、満洲事変、満洲国建国と、わけのわからぬ謀略の嵐。小学校を出て小僧に出された父は、待てども電車のやってこない雪のプラットホームで、二・二六事件の発生を知った。算えの十三歳。何が起きたかは知らぬが、背負った荷物が重くてならず、裸足に空ッ脛《からっぱぎ》が寒くてたまらなかったと語った。

そしてあろうことかこの世代は、昭和二十年一月の現役入営であった。殴られるために兵隊に行ったようなものだが、死なななかっただけマシだと父は言った。その軍隊から毛布一枚をもらって復員した東京は、生まれたころと同じ焼け野原であった。

アジア太平洋戦争を戦ったのは、およそ大正世代である。つまりそのアンハッピー・ジェネレーションの犠牲の上に、私たちハッピー・ジェネレーションが出現したことになるのだが、学校で近現代史をきちんと教わらなかったせいで、父とそのご同輩たちの人生を、私はまったく想像することができなかった。血を分けた倅《せがれ》が、父親の生きた時代を知らなかったのである。

個人的な境遇のちがいはあろうけれど、国家と社会が定めた枠の中で、国民は似たような人生を送らねばならない。その避けがたい宿命を思えば、かえすがえすも私たちは幸福な世代である。今さら何ができるわけでもないが、せめてその自覚を持たなければ。

『楢山節考《ならやまぶしこう》』考

昨年の暮れ、級友が四人集まって久しぶりの忘年会を催した。

リタイアして数年が経《た》つと、みなさんそうそう忘年会があるわけでもない。「自営業」の私だけが現役であるが、この年は非コロナ型肺炎による長期入院という災厄があったので、業界内の忘年会やパーティーはすべて遠慮させていただいた。

もはや何度目かもわからぬワクチンはみなさん接種済み。会場は友人のひとりが所有している都心のゲストハウスならば、まず問題はなかろう。LINEも飽きたし、顔を見たい。

ジジイの議論が行き着く先は決まっている。「若いやつらはすぐに治るらしいが、死ぬのはわしら」。そして既往症の自慢が果てもなく続く。

さて宴も酣《たけなわ》となったころ、何かの拍子に運転免許更新の話題となった。満七十歳以上は高齢者講習なるものを受講しなければ免許の更新ができないらしい。

しかも、その手続きたるやたいそう面倒くさく、うっかりすると時間切れで免許失効にもなりかねぬ、と先ごろ苦心惨憺《さんたん》して免許の更新をした友人は言った。

ちょっと待て。きょうは十二月十九日。私は誕生日を過ぎているから、有効期限まで残り一カ月もない。

「あ、それ失効」と、友人はほとんど確定的に言った。講習を受けようにも教習所の予約はどこもいっぱいなのだそうだ。しかも正月休みを挟むのであるから、ほぼ絶望的であろう、と。

彼は悪い冗談を言うタイプではないのである。慶應大卒の元エリート商社マン。私は青ざめた。記憶をたどれば、たしか半年ぐらい前にそのような通知がきていた。しかしその後じきに例の肺炎騒動が起きて、コロッと忘れていた。死ぬか生きるかというときに免許更新でもあるまい。

帰宅するやあちこちかき回して通知書を探した。わが家は郵便物が多い。毎日が元旦みたいに多い。よって緊急を要さぬものはしばしばなおざりにされる。

まるで空巣のごとくあちこち探し回った末に、二葉の葉書を発見。一葉は七月七日発送の「講習のお知らせ」。つまり裏面に列挙された自動車教習所のいずれかに高齢者講習の予約を取り、「講義」、「夜間視力・動体視力・視野」の検査、「実車指導」の三項目についての「高齢者講習終了証明書」を交付されなければ、免許の更新はできない。そしてもう一葉の通知書は、従前通り誕生日の一カ月ほど前に発送された「運転免許更新のお知らせ」である。

これ、一葉にまとまらんのか。せめて四カ月も間を置かず、同時に発送してはくれんのかね。

翌十二月二十日。つまり年末年始と休日を除けば失効まであと十四日。しかるに電話をかけた近くの教習所はどこも、予約が取れるのは二カ月以上も先だという。しかもいよいよまずいことには、少なからずの教習所がIT対応。こっちが対応できぬ。

絶望せずに考えよう。落ちつけ。そして思いついた。わが家の近辺は高度経済成長期の古い開発地なのである。よって住民は高齢化している。目先を変えて、マンションの多い都心寄りの教習所のほうが、高齢者講習の該当者が少ないのではないか。そうだ、人口ではなくその内訳である。

推理は的中した。もしやミステリーも書けるんじゃないかと思った。方針を変更して初めて電話をした教習所に、「明日の午後」という条件で奇跡の空きがあった。ハイ、伺いますとも。疑うらくは、なにゆえキャンセルが出たのかということであるが、なにしろ全員七十歳以上なのだから、自主返納も心臓発作も、あるいはそれ以上の悲しい理由もあろうかと思う。

ところで、機中のつれづれに本稿をお読みになっている方にとっては他人事《ひとごと》であろう。しかるに、どなたも順調に行けばいつか七十歳になるのである。その日のために先をお読み願いたい。

友人の言った通り、「高齢者講習終了証明書」を受け取るまでの手続きはたいそう面倒であった。そして個人的な意見としては、「終了」は「修了」の誤用であると思う。それともわざわざ「終」という字を当てているのか。さらにこの講習にかかる費用が六四五〇円。更新時の手数料が二五〇〇円であるから、しめて八九五〇円。少子化で経営を圧迫されているにちがいない教習所は大助かりであろうけれど、七十歳以上の高齢者にとって、この支出は痛手である。

そのようにあれこれ考えれば、繁雑さと高額な費用とそれらに伴うストレスによって生ずる自主返納を、実は狙っているのではあるまいか、と疑いたくもなるのである。さもなくば時間切れの失効を。

老いの僻《ひが》みと思われるのならそれでもよい。だが、運転免許がなくなれば生活の立ちゆかぬご老人も多々あるのである。交通機関の発達した都会の尺度を全国に用いてはならぬ。

『楢山節考』は昭和三十一年に第一回中央公論新人賞を受賞した、短篇小説の傑作である。作者の深沢七郎にとって処女作であり、しかも一般公募の作品であった事実は今さら信じがたい。

題材は棄老伝説である。俗に「姥捨《うばすて》」と呼ばれる慣習は全国のどこにでもあった。深沢氏は作中においてその年限を算《かぞ》え七十歳としているが、それは小説に今日性を持たせるための設定であり、多くは算え六十歳であったらしい。つまり六十になって「穀潰《ごくつぶ》し」とされた老人は、山奥に捨てられるのである。健康上の個人差はあろうけれど、労働力であろうがなかろうが一律に捨てる。貧しい村を維持するための社会慣習であった。

しかし極めつきの負の歴史であるから、文書に残るわけもなく、いわゆる棄老伝説として語り継がれてきた。それを初めて文学のかたちで表現したのが『楢山節考』であった。物語は母と子の情愛を描くのみならず、剝《む》き出しの生と死をあまねく読者に提示する。

中国では「老《ラオ》」そのものが敬語である。「老師」といえば「老いた先生」ではなく「尊敬する先生」であり、「老爺《ラオイエ》」も「敬する人」であって老人とは限らぬ。むろん人々は老いた父母や祖父母を大切にする。「孝」は不変の徳目なのである。

一方、わが国は中国由来の儒教を社会規範としていたにもかかわらず、各地に遍在する棄老伝説を考えれば、なかなか私たち古来の徳目とは言えまい。つまり日本人は外国人がしばしば指摘する通り、「クール」な民族なのではあるまいか。少なくともわが身を顧みれば、これといった親孝行のおぼえはなく、むしろ「棄老」などと書けばヒヤリと肝が縮む。

ようやく手にした運転免許証をしばし見つめた末に、名作『楢山節考』を再読する気になったのは、ひとり私の思い過ごしであろうか。

破倫の国

前回は深沢七郎の名作『楢山節考《ならやまぶしこう》』をめぐって、現代に生きる私たちが考え直さねばならぬ棄老伝説について書いた。

つまり、口減らしのために老人を山に棄《す》てるという、陰惨な慣習についてである。この一カ月というもの、私自身も考えるところがあったので続篇を書く気になった。いやはや暗い話ではあるけれど、こればかりは今の日本においてみんなが考えねばならぬ。

だって、そうだろ。世界のどこに、年寄りばかりを狙う悪党がいるんだね。九十を過ぎた老人を殴り殺して金品を奪う強盗が、どこにいるのかね。こうした一連の事件の原因は、経済の低迷でもコロナ禍でも、格差社会でも高齢化社会でもない。私たち日本人ばかりが、国家民族にかかわりなく人間としてわきまえているはずの倫理を喪失したのである。

あるいは、かつて世界から敬された日本人は仮の姿で、実は弱者を排除してでもおのれの生活を満たそうとする、究極のエゴイズムを本質的に持っているのかもしれぬ。「クールな日本人」の正体がそれだとしたら怖《おそ》ろしい。

そこで私はひとつの試みとして、現代の社会に棄老伝説を照らしてみた。

『楢山節考』は山梨県笛吹市の伝承であると、作者の深沢七郎自身がのちに語っている。また、長野県更級《さらしな》地方を想起する向きが多いのは、「姨捨《おばすて》」の地名が今に残るからである。さらに、柳田國男の『遠野物語』にも同工異曲が収められている。そして東国ばかりではなく、兵庫県、山口県、宮崎県、佐賀県といった西国にも、同様の伝説は存在した。

この伝承は悲惨なばかりで寓話《ぐうわ》性を欠く。中には老人たちの知恵で生き延びるといったストーリーもあるにはあるが、「棄老」という慣習がほぼ全国にわたって伝承されている限り、これは歴史的事実と考えるべきであろうと思う。

つまり、いつの時代かは知らぬがおそらくは江戸時代の後期に至るまで、算《かぞ》え六十歳になった親を子が山奥に棄てるという慣習が、全国各地に事実として存在した。

しかし少なくとも江戸期において、親を大切にする「孝」の儒教的徳目は私たちの倫理となっていたはずである。もっとも、『孝経』の成立過程には「親に孝、君に忠」という政治的意図が介在すると考えられるので、孔子の訓《おし》えとして鵜呑《うの》みにはできない。

それはともかく、『孝経』は説くのである。「孝は百行の本《もと》」と。つまり、親孝行はあらゆる善行の基本だと孔子は言い切った。

だとすると、口減らしのために親を山奥に棄てるという破倫が、なぜ全国に遍在したのであろう。仮に自然災害としての飢饉《ききん》だの、苛斂誅求《かれんちゅうきゅう》を極むる収税といった理由はさておくとすれば、残るはただひとつ、棄老の慣習が儒教的道徳の定着する以前から私たちの暮らしの中にあった、ずっとプリミティブな、ずっと土俗的なものであったと言えはすまいか。考えるだに怖ろしい話ではあるが。

もしや私たちは、はるか縄文の昔からおのれが食わんがために、労働力とみなされぬ老人を山に棄て続けてきたのではあるまいか。

そして一万年の時を経た今日、最も安直におのれを利する方法として、老人を殺しその財産を強奪することを考えた。儒教道徳の軛《くびき》から放たれてしまえば、銭金のほかに拠《よ》りどころを知らぬ若者たちは、ほとんど無思慮のまま、実に手っ取り早く祖先回帰したのかもしれぬ。

そして、かく言う私たちの胸の中にも、同じ日本人である限り棄老の慣習が眠っているのかと思えば、まして怖ろしい。

ちなみに、「孝」の解字は「老」と「子」であり、もともとは「親に尽くす」というより「老人を養う」という意味に重きを置くと思われる。すなわち古代の部族社会においては、儒教の示す父母への孝養というより先代の老人たちに対して、敬意と感謝の念を忘れなかったのである。

先に述べた『孝経』のあやふやな成立過程を排除すれば、孔子の生きた時代の「孝」とはそれであったはずである。そしてその精神は、政治経済の変容とはまったく関係なく、今も中国人の生活の中に根付いている。

以前にも書いたと思うが、中国の老人たちは総じて幸せに見える。朝は鳥籠《とりかご》を提げて公園に集まり、茶を喫し、将棋を指し、子供ではなく老人のために設置された立派な遊具で体を鍛える。どの顔も潑剌《はつらつ》として憂いのかけらもない。

また、体が不自由になった親や祖父母を、若者たちが手を取り身を支えて散歩する光景は、どこの町でも見かける。こればかりは行政とは無縁の、醇乎《じゅんこ》たる「孝」であると知れる。まさに解字の通り「孝」は「老」と「子」から成り、中国人は老人を敬して養い、親に尽くすのである。よって「老《ラオ》」そのものが敬語であり、けっして忌避すべき文字ではない。

さて、かよう説教くさく書きつらねると、読者の多くは「浅田も齢《とし》を食ったな」などと思われることであろう。

しかるに、多少の肉体的変調はあるものの、ことほどさように老いを感じているわけではない。左脳言語野の活動などは若い時分と比ぶるべくもなく、先日も若い編集者に「そろそろ本気出すか」と本気で言ったら笑われた。七十一歳。下から見れば十分な老人であろうが、年齢分布からするとそうも言ってはおられまい。つまり、日本人の倫理的頽廃《たいはい》、もしかしたらあってはならぬ祖先回帰について、真剣に考えねばならぬのは私の世代であると思う。

ところで、その私の世代には今ひとつ思い当たるふしがある。幼いころからべっとりと刷り込まれてきた、アメリカ文化の影響である。

老いに対するアメリカ人の考えは世界の常識にそぐわず、むしろ特異なものに思える。短い歴史の間に新大陸の開拓をなしとげ、偉大な国家を建設したアメリカ人は、本質的に老いを厭《いと》う。私見ではあるが、誰もが実年齢より若く見せることに心を摧《くだ》き、けっして老いに安んじはしない。少なくとも、老人が無条件に敬されることはない。

アーネスト・ヘミングウェイは名作『老人と海』において、老いに対する不屈の抵抗、もしくは永遠なる生命の可能性を描いた。要するに、アメリカ人にとっての国民的作家なのである。しかし他国の読者がこのテーマを十全に理解できるかというと、そうとも言えまい。地球上の多くの民族は、老いに対する無条件の敬意と愛情を持つからである。

一九五一年に生まれた私は、物心ついたとたんにアメリカ文化の洗礼を受けた。だからそうとは気付かずに、老人を侮り、軽んじてきたかもしれぬ。そして国家は繁栄し、やがて停滞し、その結果がこのザマだと言えはしないだろうか。

老人を殴り殺して金品を奪うという破倫について、私たちは謙虚に真摯《しんし》に考えねばならぬ。いずれ誰もが老いるのだから。

ホットドッグ&ハンバーガー

神宮外苑の再開発問題について頭を悩ましていたら、たまらなくホットドッグが食べたくなった。

今の若い人にとっては意外な話かもしれぬが、私が物心ついたときすでにホットドッグは存在し、しかもおぼろげな記憶によれば、神宮外苑に移動販売車がきていたのである。

再開発問題からホットドッグへと意識が飛んだのは、そうした幼児体験による。当時はソーセージといえば魚肉ソーセージをさしたから、ポークソーセージを使用したホットドッグは頬《ほお》が落ちるかと思うほどうまかった。

昭和三十年代のホットドッグ。まちがいないとは思ったが、同級生から裏を取った。こうしたとき、LINEでつながったおじいさんおばあさんは頼りになる。

某君いわく、「小学生のころ後楽園球場に巨人戦を見に行き、父親に買ってもらった。べらぼうにうまかった。ケチャップはかけたが、マスタードやピクルスはなかったと思う」。

ビンゴである。どうやら野球観戦とホットドッグはワンセットであったらしい。だとすると私が何度か神宮外苑でホットドッグにありついたのも、神宮球場の行きがけだったのかもしれぬ。

コニーアイランドはブルックリンの南の端にあって、ミッドタウンから地下鉄に乗っても一時間程度であろう。

のどかな海岸とボードウォーク。古い遊園地。ニューヨークの喧噪《けんそう》とはうらはらな、静かで懐かしい時間が流れている。

ホットドッグの老舗チェーン『ネイサンズ』は、この遊園地の屋台から始まったという。

創業は一九一六年というから、私たちの感覚では意外に新しい。もともとドイツ系移民の日常食であったものが、コニーアイランドの名物になったと伝わる。

初めてコニーアイランドを訪れたとき、由緒正しき第一号店とは知らず通りすがりのホットドッグを食べた。小さめのパンとソーセージ、味付けは定めてケチャップとマスタード。ものすごくうまかった。

夏の日の夕まぐれであったと思うが、吹き寄せる浜風や灯《とも》り始めた遊園地のネオンや、どこからともなく流れてくるジャズの調べを差し引いたとしても、あのホットドッグはものすごくうまかった。

看板には「Nathan's Famous」。「有名な」というより「かの名高きネイサンズ」というところであろうか。


子供の時分にホットドッグは食べたのだが、ハンバーガーの記憶はない。

そこでふたたびLINEでつながったおじいさんおばあさんたちに問い合わせてみると、やはりハンバーガー初体験は一九七一年以降、つまり『日本マクドナルド』の第一号店オープン以降であるとわかった。こんな話、面と向かって問答するわけにはいかぬのに、LINEならば、つまり声ではなく文字ならばまじめにやりとりができるのである。

それはさておくとして、今や押しも押されもせぬファストフードの雄は、案外のことに日本では後発だったらしい。

しかし面妖なことに、ハンバーガーはなくてもハンバーグステーキはあった。

かつて本稿でも書いたと思うが、古い文献をたどれば永井荷風の『断腸亭日乗』にしばしば登場する「ジャーマンステーキ」はおそらく異名であろうし、帝国海軍の献立にも「ハ、ハ、ンバクステーキ」の名で登場する。大胆な仮説ではあるが、草創期の海軍には薩摩出身者が多かった事実を考え合わせると、その名称の起源は「ハンブルク」ではなく「反幕《はんばく》」ではあるまいか、などと思うのである。

この件についてはひそかに研究中であるが、情報をお持ちの方がいらしたらお知らせ願いたい。

話が進まぬ。つまりそれはさておくとして、一九五〇年代後半に「ハンバーガー」はなかったが、「ハンバーグライス」は存在したのである。少なくともデパートの大食堂で食べたお子様ランチには、今日と同様に必ずハンバーグが盛られていた。

ステーキにはパン。ハンバーグにはライス。いまだにそうと決めている。すなわち、ハンバーグとパンの組み合わせは私の幼時には存在せず、ハンバーガーを知らなかったわけではなかろうが噂《うわさ》に聞く程度であり、よって一九七一年のマクドナルド第一号店オープンに際しては、何やら複雑な気分で行列に並んだ。ちなみに第一号店は、『銀座三越』の路面店であった。

のちにしばしば渡米するようになって、ハンバーガーがいかにアメリカの国民食であるかを知った。

私も滞在時のランチといえば、ほとんどハンバーガーである。個性豊かなハンバーガーショップはどの町にもあって、むろん庶民的なアメリカンダイナーの売りは、ハンバーガーの味である。

こうした現況は日本の「ラーメン」と似ている。国民食として突出し、それぞれが個性を競っている。

昔話になるが、ロサンゼルス郊外でビックリするほどうまいハンバーガーを食べた。先に書いたネイサンズのホットドッグと一対の思い出である。ただし不覚にも、店の名前は記憶にない。場所もわからない。砂漠の中にぽつんと立つハンバーガー専門店であった。

メニューはオリジナルバーガーのみ。しかも「二十分お待ち下さい」と言う。「ワンミニット」だの「ツーミニッツ」だのはせっかちなアメリカ人の口癖であるが、さすがに「トゥエンティーミニッツ」は聞いたためしがない。

この種の食べ物を「ファーストフード」と表記するのは誤用で、正しくは

「ファストフード」である。つまりファストフードにちがいないハンバーガーに「二十分待ち」はありえぬ。しかも店内が混雑しているわけでもなし、かのオリジナルバーガーはたしか9ドル99セントであったから、当時としてはかなり高かった。

私の座った席からはオープンキッチンが一望であった。そこにはまるでレストランの厨房《ちゅうぼう》のように、白い服を着たスタッフが整然と立ち働いていた。本気なのか演出なのかは知らぬが彼らはみな無言で、緊張感を漂わせていた。

私のオーダーが届くと、まさかと思う間にパテ作りから始まった。しかもフライドポテトも、生のジャガイモの皮を剝《む》くところから。一人前ごとにこれでは二十分待ちも当たり前である。

このハンバーガーはうまかった。店の名前を失念し、場所もわからぬというのはかえすがえすも不覚である。

ホットドッグにハンバーガー、それればかりではない。ピザもフライドチキンもコーラも、いわゆるアメリカンファストフードの洗礼を受けたのは私たち世代である。

来し方を顧みてふと思う。もしやマッカーサーの思惑通りか、と。

東京の緑

東京は緑多き都である。

と、このように書いてもピンとこない人は、おそらく東京生まれの東京育ちで、しかもあまり旅に出ないのではあるまいか。

もっとも、生まれ育ったふるさとの風景は見慣れてしまって、言われてみればそうかもしれぬ、と今さら気が付く向きもあろう。

そして、初めて上京した方の第一印象は、「意外に緑が多い」ではなかろうかと思う。

もともと山地に恵まれ、南北に長い日本は多様な植物の宝庫である。たとえば世界の大都市と比較した場合、マンハッタン島の厚い岩盤の上にあるニューヨークは、摩天楼を築くにはもってこいだが、樹木の生育には適さない。広大なセントラルパークが人工的に造られたのは十九世紀半ばで、今も公園内にはほか剝《む》き出しになった岩盤を見ることができる。自然に親しめるだけの緑地はほかにないと言ってもよかろう。

ヨーロッパ諸都市の緑は厚いが、そもそも農作物の生育に適した土地に人間が住みついた、と考えるべきであろうか。新大陸に渡った開拓者たちは、何よりもまず乾燥した大地に呆然《ぼうぜん》としたはずである。

乾燥地帯と言えば、北京は砂漠の中のオアシスに造られた都市に思える。内陸部なので冬の寒さは厳しく、夏の暑さはまたひとしおで、いきおい樹木の多くが人工的な植樹であることは一目瞭然である。はじめに満洲族の金が都を据え、次いで蒙古族の元が都したのち、漢族王朝の明が入り、以後はふたたび満洲族の清が都に定めた。明を除けばすべてが北方民族であることを考えれば、気候風土の条件はさておき、本国に近いところ、すなわち万里の長城に近い場所が、戦略的に好もしいとされたのであろう。

上海も緑は少ない。商業都市として発展すれば、そうなるのは当然である。同じ理由から日本では、大阪が緑に恵まれていないと思える。

そこで東京の緑について考えてみると、面白いことに気付く。東京の公園には諸外国に見られるような、人工的なわざとらしさがない。その多くは、都市計画によって造成された緑地ではないのである。

たとえば、皇居という最大の緑地はかつての江戸城である。皇居前の広場も霞が関の官庁街も大名屋敷。上野公園は戊辰戦争で大半を焼失した寛永寺の伽《が》藍《らん》跡であり、芝公園は寛永寺とともに徳川家の菩提寺である増上寺の寺域、さらに新宿御苑は信濃高遠《たかとお》藩内藤駿河守の下屋敷で、明治天皇と昭憲皇太后を祀《まつ》る明治神宮は、ほぼ全域にわたり近江彦根藩井伊家の下屋敷であった。ほかにも赤坂御用地は御三家紀州藩の中屋敷、市ヶ谷の防衛省は同じ御三家尾張藩の上屋敷、東京大学は加賀百万石前田家の上屋敷跡地に造られた。

そのほか首都機能のほとんどは、こうした旧寺社地、旧武家屋敷跡を利用したのである。その割合は江戸御朱引《しゅびき》内のうち八十四パーセントに及んだから、町人たちは残り十六パーセントの狭い土地に、押し合い圧《へ》し合いして住んでいたことになる。この状況をテレビドラマや映画で再現した場合、長屋のセットはかなりリアルであろうが、武家屋敷や江戸城大奥などは、だいぶダウンサイジングされていると考えるべきである。

ところで、江戸の約七十パーセントを占める武家地は幕臣や大名家の所有地ではなく、徳川将軍家が貸し与えた、いわば「社宅」であった。

よって明治政府の徳川家に対する「辞官納地」という処分は、あまりに過酷であった。「辞官」は官位を辞する、「納地」は領地の返上である。諸大名は領国に帰ればよいが、幕臣たちは住む家さえなくなるのである。彼らの本音としては、「王政復古」も「大政奉還」もやれるものならやってみろ、「辞官」だってどうでもよい、しかし「納地」はご勘弁、というところであろうか。慶応四年正月に始まった鳥羽・伏見の戦は、この処分に対する旧幕臣たちのクーデター、もしくは一種の労働争議と言えよう。

そうした世情の中での東京遷都は相当の冒険だったはずである。しかしそれでも断行されたのは、欧米に倣《なら》った中央集権国家を確立するための首都機能が必要だったからである。

この基本政策の決め手となったのは、辞官納地によって明治政府が接収した旧武家地であった。京都には港がなく、大阪には首都機能を収容する余裕がないが、東京には十分な土地、それも大名庭園まで備えた広大な緑地が残されていた。

東京が緑多き都である理由はこれである。しかも二百六十五年間も戦争をしなかった結果の遺産が、官庁や大学や博物館や動物園として国民に供せられ、それでもまだ余った庭園は、セントラルパークにもハイドパークにも劣らぬ豊かな緑地となった。

亡くなられた坂本龍一さんは、私と同学年であり、同じ東京都中野区の生まれであった。つまり、同じ時間の同じ距離、同じ角度から東京を見ていた。おそらく、このごろの東京の変容ぶりに、心を痛めていらしたのは私と同様であろう。ふるさとの発展を希《のぞ》んでも、変容を希む人はいない。まして芸術は自然との対話である。

私は時代小説を書くようになってから、東京を江戸時代と地続きの場所として捉《とら》えるようになった。頭の中に重ねられた地図をめくれば、記憶にない昭和戦前期から幕末までの東京が現れる。

それほど遠い昔ではない。今からたかだか百六十年前、坂本さんと私が生まれるわずか八十数年前は江戸時代だった。

明治維新の本質は「植民地にならないための国家改造」であったから、欧化政策は急進的であり、江戸時代を遙《はる》かな昔に追いやってしまっただけである。

都心の再開発を唱える人々は、このたかだかの距離感、わずかな歴史を見誤っているのではないかと思える。少なくともここで論じられているのは今日の利益であって、必ずしも未来の国民に資するとは思えない。私は再開発という美名のもとに、父祖が遺《のこ》してくれた東京の緑がこれ以上損なわれることを潔しとしない。

現在の神宮外苑はかつて大名屋敷や旗本御家人の屋敷であった。明治期の練兵場に始まり、今日の外苑に至るまで緑が厚く広いのは、そうした歴史によると思われる。まして、イチョウが枯れるか枯れざるかという問題ではない。私たちがこの変容の時代に遺すべきものは、世界に冠たる東京の緑、けっして高層ビルに代わられてはならぬ永遠の緑である。

旅のゆくえ

コロナ禍の三年余、旅を渇望していた。

当たり前だ。私の人生は一年のうちの二カ月か三カ月が旅先だったのだから。

ただし、この三年余りまったく旅に出なかったわけではない。やむにやまれぬ事情があり、感染状況のいくらかマシなころあいを見計らって、都合三度の冒険をした。一度は京都の「茶の湯」展へ、一度は函館競馬場で愛馬の出走、もう一度は和倉温泉へのカニ食い同窓会。フム。たしかに「やむにやまれぬ事情」ではある。

つまり、三年余の間に空路往復がたった一回、新幹線往復が二回。考えただけで咽《のど》が渇く。ために夜ごと旅する夢を見た。空港ロビーやホテルのゲストルーム。灼《や》けた砂浜。市場の雑踏。車窓を過ぎる牧場やヒマワリの畑。

思えばこの三年余の私は、最も旅を楽しむことのできる齢《とし》ごろであった。経験を重ねてガツガツせず、要領もわきまえており、旅先には友も多い。齢なりの知識を得て見聞するものはみな興味深く、しかも体力はさほど衰えていない。七十歳前後は国内外ともに、最高の旅行適齢期であろう。

よし、行くぞ！


旅行計画を立てるのは大好き。世間には計画せずに乗っかるだけの人も多いが、私には信じられぬ。ああだこうだと計画しているときのウキウキ感は、旅行そのものにまさるとも思う。だから取材旅行の折にも旅程を編集者に任せ切れず、あれやこれやと注文をつける。あそこに行きたい、ここも見たい、果ては何が食いたい、などと。

さて、そうした私が三年ぶりの個人旅行計画を練るのである。平時であればその間に海外だけでも二十回くらい出ているはずであるから、ケチくさい旅はやめよう。どのみち円安のせいで、外国旅行は割高になる。

むしろ問題は国によって異なるであろう入出国の手続きと、万が一のときに対応してくれる医療事情であろう。

長考三日。原稿も書かずにいったい何をしているんだとみずからを怪しみつつ、目的地を厳選した。

① 北京・天津

私の属性はなかば中国人であるから、久しぶりに里帰りするようなものである。北京で生まれて天津で育ったと言われればそんな気もする。行きたいというより恋しいのである。しかし前述した入出国の手間および医療事情については、現今のところ問題なしとは言い切れまい。時期尚早か。

② スイス

かつてチューリッヒ行きの便に乗ったら、年長者ばかりで満席であったのには驚いた。むろん好景気・高金利の時代である。機内で聞いた話によると、登山電車やケーブルカーを利用してアルプスに迫る旅は、案外のこと体にやさしいらしい。で、私自身もスイスは先送りにしたのであるが、おっと、いつの間にかその齢ではないか。行かなきゃ。

③ 台北

現実味があるのはこれ。コロナ対応の優等生であったことは言《げん》を俟《ま》つまい。

医療事情も安心できる。なおかつ、私はこれまでの訪台がことごとく仕事がらみで、純然たる観光を経験していない。数日がかりでじっくりと国立故宮博物院を見物するのは、積年の夢でもある。小籠包《ショーロンポー》も食いたいし。

④ ラスベガス

またこれかよ、と思われる向きもあろう。いくら私が宣伝してもネバダ州観光局はほめてくれない。ましてどの航空会社も直行便を飛ばしてくれない。これを「梨のつぶて」と言う。しかし同地は意外にも諸条件をクリアしているのである。先日来日したジェイソン君が言うには、入出国が以前より簡単になったらしい。システムがどうのというより、妙にやかましいロスの通関やマッカランの係員が、気持ち悪いくらいやさしいのだそうだ。むろん医療事情は万全のうえに、マメなジェイソン君とその妻という現地在住の友人がいるのは心強い。

そして、ここはキモなのだが、カジノに入りびたっている生活は円安とほとんど関係がないのである。つまり、ギャンブルのレートが上がるだけ。むしろ望むところ。ここがキモ。同時にカモでもある私は、勝とうが負けようがハイローラー優遇の原則に順《したが》い、スイートルームも飲み食いもタダである。

⑤　沖縄

国内旅行である。ただし飛行距離と気候のせいか、海外に準ずるエキゾチシズムを体験できるのも同地の魅力と言えよう。そして、なぜか私は沖縄と縁が薄い。講演やらサイン会やらシンポジウムやらで、たびたびお邪魔しているのに、すべて日帰りか一泊である。宿泊の場合も那覇市内のホテルに限られる。つまり、私は日本人でありながら、世界に誇る日本のシーリゾートを知らない。手間は要らず、万が一の懸念もないのであるから、もはやここしかない、という気にもなる。

しかし、同じことを考えている方はさぞ多かろう。旅行計画というのは総じて、最大公約数的な結論に導かれる。最も安心できて、なおかつ円安の影響を受けぬ行き先と言ったら、そりゃあなた、誰がどう考えたって沖縄でしょ。

と、私は考えたのである。すなわち、計画大好きジジイの最大公約数的な結論は沖縄を指向するにちがいないので、羽田発那覇行きの機内は往時のスイス航空と同様に、ジジイとそのつれあいで満席。むろんリゾートのプールサイドも。いや、だからどうだと言うわけではない。私自身がそうした風景の中のひとりであると想像を逞《たくま》しゅうしたとき、泣いてよいのか笑ってよいのかがわからぬ。悲劇か喜劇かわからぬストーリーを虚しくさせぬためには、よほどの哲学が必要である。

長考さらに三日。棋士のほうが楽だな、と埒《らち》もないことを考えた。

文机の周辺には五カ所の旅本が積み重なる。座敷の書斎はこうなると際限なく散らかる。そのうち悪い癖が出て、旅行計画とはほとんど関係ない書物を読み始めてしまう。『北京の風物』『天津租界史』『スイス・アルプスの花』『台灣日治時代遺跡』『ギャンブルに勝つための最強確率理論』等々。そうこうするうち霊能力のある女性編集者から原稿の進捗状況を訊《たず》ねるメールが入り、まさか「沖縄の最新リゾート」を精読しているとも言えぬので、「難解な資料と格闘しているよ」と答えた。嘘《うそ》ではない。

そしてつい先ほど、結論を見たのである。

とりあえず、と言っては何だが、まずは体ならし足ならしを兼ねて春の沖縄。

次に最も安全な海外と思える台北。ラスベガスに行くならやっぱり灼熱《しゃくねつ》の八月。スイスはまだ先でもよさそうな気がしてきた。北京・天津は今少し様子見としようか。

大丈夫《だいじょうぶ》は当《まさ》に雄飛すべし、安《いず》んぞ能《よ》く雌伏《しふく》せんや。皆様、三年余の辛抱ご苦労様でした。さあ、旅に出ようじゃないか！

〈編集部注〉「マッカラン国際空港」は二〇二一年十二月に「ハリー・リード国際空港」に改称されました。

本書は、2020年より2023年にかけて
JALグループ機内誌『SKYWARD』に掲載されたものに
加筆・修正して構成しました。

浅田次郎（あさだ・じろう）

一九五一年東京生まれ。九七年『鉄道員《ぽっぽや》』で直木賞、二〇〇〇年『壬生義士伝』で柴田錬三郎賞、『お腹召しませ』で〇六年中央公論文芸賞、〇七年司馬遼太郎賞、〇八年『中原の虹』で吉川英治文学賞、一〇年『終わらざる夏』で毎日出版文化賞、一七年『帰郷』で大佛次郎賞を受賞。他の著書に『プリズンホテル』『蒼穹の昴』『つばさよつばさ』『アイム・ファイン！』『見果てぬ花』『わが心のジェニファー』など多数。一五年紫綬褒章受章。一九年菊池寛賞受賞。

編集　齋藤彰
編集協力　柴﨑郁子

アジフライの正しい食べ方

二〇二四年九月三〇日　初版第一刷発行

著者　浅田次郎
発行者　庄野樹
発行所　株式会社小学館
〒一〇一-八〇〇一　東京都千代田区一ツ橋二-三-一
編集　〇三-三二三〇-五七二〇　販売　〇三-五二八一-三五五五
DTP　株式会社昭和ブライト
印刷所　TOPPAN株式会社
製本所　牧製本印刷株式会社

ISBN 978-4-09-389172-1